新潮文庫

あと少し、もう少し

瀬尾まいこ著

新潮社版

10214

あと少し、もう少し

0

おれがアンカーを走ることに決まったのは、今日の朝だ。

「そうそう、エントリー変更したんだ」

バスで競技場に着き全員を集合させると、上原は突然言い出した。おれは黙って上原の顔を見つめた。

「やっぱり桝井《ますい》君を6区にした」

「は？」

「5区と6区を入れ換えたってこと」

「どうして？」

「どうしてって、勝ちたいから。理由はそれだけ」

「ちょっと待って」

そんなこと何も聞かされていないし、当日、しかもレースの直前に言うことじゃな

い。おれが抗議しようとすると、

「見て、これ」

と、上原は首から提げた監督証を掲げた。

「何?」

「私が監督なんだ。陸上部顧問も私。残念ながら部長よりも権限があるんだ」

上原はそう言うと、「さあ、アップして。あ、違うか。そうだ、先にサブグラウンドにテント立てて場所を確保しなきゃ。うん、立てよう」といつもどおりあいまいであやふやな指示を出した。


中学校駅伝は、男子は六人で18キロ、女子は五人で12キロを走る。県を六つの地域に分けブロック大会を実施し、それぞれ上位六校が県大会に進出。そこで優勝すれば全国大会が待っている。駅伝の大会前には壮行会が実施され、県大会進出が決まれば祝勝会も行なわれる。駅伝大会は、陸上部の夏季大会や秋季大会の何倍も盛り上がる。学校を挙げての一大行事なのだ。

たいていの学校は陸上部に所属している生徒だけでなく、足の速い生徒でチームを作る。案外、陸上部よりバスケ部やサッカー部に走れるやつがいるのだ。おれたちのブロックは十八の中学校があるけど、田舎で生徒数も少ないから、正真正銘の陸上部だけで駅伝に参加している学校なんてない。おれの通う市野中学校もそうだ。
市野中学は、ブロックの中でも山深い場所にあって、全校生徒は百五十人ちょっとしかいない。それでも、男子駅伝チームは毎年五位や六位のギリギリのところではあったけど、県大会に進出していた。おれは一年生から駅伝を走ってきた。三年になって陸上部部長になって、今年が最後の駅伝。五位や六位じゃなく、上位に入って堂々と県大会に出たい。そう思っていた。

中学校でやることに必要なのは、能力じゃない。嘘《うそ》みたいだけど、努力だ。やる気や根気やチームワークや地道な練習が、勝敗を決める。どのスポーツだって、定期テストだって合唱祭だってそうだけど、なかでも駅伝はその要素が強い。毎年勝ち進むのは天才がいるチームじゃない。速くなろうと努力しているやつが多いチームだ。

ただ、根性のあるやつを集めたり、全員に努力を強いたりするのは難しい。どうやってそれをやるのか。手っ取り早いのは強い指導者の存在だ。中学生のおれたちはまだまだ子どもだから、脅されて強制されてびびりながらやっていくうちにものになる。

我が市野中学陸上部には、鬼のような神のような先生がいた。体育教師の満田先生だ。満田先生の言うとおりにやれば、勝てる。強くなれる。普段から一切の甘えを許さない先生だったけど、満田先生のお陰で、走れる生徒がほとんどいない年も、市野中学は県大会に進出していた。今年も例年と同じく陸上部は不作だ。でも、満田先生がメンバーを集めてチームを作ってくれる。そして、強くしてくれる。おれはそう信じていた。

ところが、教師には異動がある。中学校の教師は五年ぐらいでころころ変わってしまう。八年間市野中学にいた満田先生も、ついに異動することになった。先生は離任式の後、おれを呼び出した。

「桝井。最後まで見てやれなくて悪い」

先生はそう頭を下げた。体が大きい満田先生は頭を下げようが謝ろうが、威圧感がある。

「残念だけどしかたないです」

おれもなんとなく頭を下げた。最後まで責任持って見てほしいと言いたいのが正直なところだけど、先生がおれ以上に悔しい思いをしているのはわかっていた。

「まだ明かしちゃいけないんだけど、陸上部の顧問が誰か聞いたら、お前腰抜かすと思う。まあ、顧問なんて名前だけだから、メニューは去年のをそのまま使えばいい。チームはお前が作れ。ブロック大会で会おうな」

先生はおれの肩を叩《たた》いた。

新年度の始業式の最後に、全教師が前に並び、担当の学年と教科、顧問の部活動が発表される。満田先生の代わりに来た体育教師の下山は、野球が専門らしく野球部を受け持つと発表された。ならば、陸上部は誰が？　女子の体育を持っている花井が受け持つのが妥当かな。いや、花井はバレー部だから変わらないか。じゃあ、生徒指導の織田だろう。陸上部顧問が駅伝を仕切るのだから、生徒指導の教師ぐらい力がないと通用しない。でも、満田先生は腰を抜かすと言っていた。織田なら腰は抜けない。もっと意外な人物なのだろうか。おれがあれこれ考えている間に、

「美術担当、二年所属、陸上部顧問、上原先生」

と教頭が紹介し、上原がぺこりと頭を下げた。

上原？　まさか。嘘だろう。おれは一列に並んだ教師陣の端から端まで目をやった。

去年上原は美術部の顧問だった。しかし、去年の秋に三年が引退してから部員がゼロになり、美術部は活動をしていない。それで、陸上部に回ってきたのだ。普段から筋トレで足腰を鍛えているおれは腰は抜かさなかったけど、全《すべ》ての気力が抜け落ちた。

上原は二十代後半の女の教師で、どんくさそうでとろそうでひょろひょろしていて

……。とにかく、陸上部を受け持つのに一番不適な教師だった。

最初のミーティングで上原は、「今年から顧問になりました上原です。陸上のことはわからないし、顧問をする力も足りないけれど、できる限りのことはやろうと思うので、よろしくお願いします」と言った。予想どおりの予防線を張りめぐらした挨拶《あいさつ》だ。顧問がそんな弱みを見せてどうすると、おれはさっそく不安になった。

そして、わずか三回目の練習で上原は涙ぐんだ。満田信者だった陸上部員たちは、メニューも組み立てられず、アドバイスもできない上原に不満が高まっていた。

「先生、本当に何もできないんだな」

「あーあー、マジ役に立たない。満田戻ってこないかな」

文句を口にして解散していく部員を眺めながら、上原は目を真っ赤にしていた。

「さあ、先生も手伝ってください」

おれは突っ立っている上原にトンボを渡した。

満田先生がいた時には全員でやっていたグラウンド整備も、二回目の練習でやるやつは半数になった。下校時刻に遅れると部活停止になる。陸上を知らなくても、トンボくらいひけるだろう。

「ごめん、桝井君だって私が顧問で困ってるでしょう？」

「そんなことないです。早く片付けましょう」

「私、辞めようかな」

「は？」

「私が陸上部とか、おかしくない？　誰がどう考えたってだめだってわかるのに、どうしてなんだろう」

教師が何を言ってるのだろう。あまりのだめさにおれはめまいがしそうになった。上原が陸上部顧問なのは、確かにおかしい。でも、誰だっていろんな事情をしょってやってるんだ。おれだってそうだ。中学最後の駅伝は今までで一番のものにするはずだった。それなのに、顧問はこんなにも頼りがない。おれはため息をついた。

「だったら、先生は何ができるの？」

「へ？」

「美術以外に何ができるの？　野球だったらやれるの？　バスケだったらやれるの？」

「どっちも無理だけど」

そりゃそうだろう。ボールを触ったら即突き指しそうだし、上原にバスケや野球のルールなんて理解できそうにもない。

「きっと、先生、他のクラブ持ってても同じだよ」

「そっか」

「とにかく生徒の前で泣くのはやめてくれない？　教師が泣いていいのは卒業式だけです」

「うん、そうだね。あ、でも私泣いてはないんだ。これ、花粉症だから」

神経だけは図太いようで、上原はポケットからティッシュを出してくると、のん気に鼻をかんだ。

絶望的で悲惨。おれの中学校最後の駅伝は、最悪のスタートを切った。

1区

ベンチコートを脱いで、軽くジャンプをする。ひんやりした風を腕に感じる。念入りにアップして温めたはずの身体《からだ》なのに、寒さのせいか緊張のせいかうっすら鳥肌が立つ。

周りに立つ十七人の選手は、みんな1区にふさわしい華やかさや勢いがある。そこにいるだけで人を引きつける、桝井みたいに。やっぱり僕とは違うんだ。そう気おくれしそうになって、小さく深呼吸をした。この地域は山に囲まれているから、競技場の周辺も駅伝コースも緑がふんだんにある。澄み切った空気が身体の奥まで澄ましてくれる。

走るのは好きか？　答えはノーだ。こんなに大変でしんどいこと、できればやりたくない。中学校を卒業したら、僕はもう走らなくてすむ。義務教育が終わるのを、小学生の時からずっと待っていた。

でも、駅伝は好きか？　そうなると、答えはイエスになる。任される。襷《たすき》を繋《つな》いでいく。その感覚は好きだ。駅伝をしている時だけは、僕にも仲間と呼んでも許される存在がいるんだと思える。

スタート一分前。そう放送が流れ、みんなが一斉にラインに並ぶ。空気がひときわ張り詰める。他の学校の先生たちは、競技場内は三十秒ペースで走れとか、あいつの後ろについて行けとか、最後のアドバイスに余念がない。

「設楽《したら》君、がんばって」

そんな中、上原先生は願い事を託すかのように言った。具体的じゃないいつもどおりの言葉。だけど、僕はがんばってと言ってもらえることが、幸せなことだと知っている。

「うん」

僕は声に出してうなずいた。

朝、競技場に着いた時は薄曇りだったのに、九時前になって空は少しずつクリアになってきた。秋だ。毎年駅伝大会の時にそう感じる。

しんとした競技場に、ピストルの音が響く。それと同時に、僕は身体に弾みをつけて飛び出した。中学最後の駅伝が始まったのだ。

1

「ちょっと、何迷ってるの？　早く来てよ。陸上部！」

どの部に見学に行こうかとうろうろしている僕に、桝井が言った。

中学に入学して一週間。だいたいみんなはどの部に入るかを決めていて、桝井も仮入部初日から陸上部の練習に参加していた。

僕が仮入部で回ったのは、美術部とパソコン部だ。どちらも部員は二、三人しかいなくて、ゆったりと静かに活動をしていた。何をしているのかわかりにくい独特の空気を感じずにはいられなかったけど、どちらも気楽そうで自分に合っていると思った。でも、ここに入部したらいじめられっ子の王道を行ってしまうのもわかった。だからといって、体育会系の部活は、野球部だってバスケ部だって、見学に行くのすら僕には敷居が高かった。

学校という場で、僕たちはすぐにランクがつけられる。それは成績や背の順じゃなくて、性格の良いやつが上というわけでもない。何で計られるのかは不明だけど、同じ教室の中で一緒に生活している間に、自然と順位が決まっていく。そして、誰かがランキングを発表するわけでもないのに、みんなそれを意識している。ランクが上の人間は、掃除をサボっても何も言われないし、忘れ物をすれば誰かがすぐに貸してくれる。失敗しても笑いになって教室は盛り上がり、少しの親切で大いに感謝される。ランクの低い人間は、掃除をサボるなんてとんでもない。面倒な仕事が当たり前のように回ってきて、失敗なんてしようものなら教室からはため息が漏れる。

僕は、小学校低学年からランクが常に最下層だった。身体は無駄にでかいくせに、声は小さくしゃべればどもる。それだけでいじめてくれという雰囲気が漂っているのに、ついでに名前は設楽亀吉《かめきち》だ。おじいちゃんがつけた名前だけど、今の世の中を亀吉で生きていくのは至難の技だ。

「すごいだろ、亀吉っていうんだ。変な名前だけど、よろしく」そんなふうに言えるパワーもない僕は、まず名前でいじられる。そして、それにくじけていじいじして、嫌がられる。小学校六年間、亀菌と言われ、僕に触ると動きが鈍くなるという根拠もない取り決めで、みんなから避けられていた。クラス替えのたびに、担任の教師に、「もっとはきはきして元気よくいかなきゃだめだぞ」と言われたけど、小学校のスタートからしくじった僕は、自分を変えるチャンスを一度もいかすことはできなかった。

「ど、どうして？　陸上部？」

突然、桝井に声をかけられ、僕はどぎまぎした。桝井とは同じ小学校の出身だけど、ほとんど口を利《き》いたことがなかった。桝井は昔から運動ができて明るく、誰とでも普通にしゃべれた。学校でのランクを上げる上で必要なものを持っている、僕とは違うやつだった。

「何がって、設楽君、陸上部になかなか来ないからさ」

桝井は僕の目をまっすぐに見て言った。

「え、ぼ、僕？　どうして、僕が陸上部に行くの？」

陸上部なんて場違いもいいところだ。そんなところに行けば、調子乗るな亀菌のくせに。そう言われるのが目に見えている。

「まさか、他に入りたい部活あるの？」

桝井はきょとんとした。澄んだ目が一層際立《きわだ》つ。目も鼻も口もすっきりしている嫌味のない顔。桝井は背は僕より低いけど、背筋がしゃんとしていて大きく見える。最初から人から好かれるようにできている。苦労のない学校生活を送っている桝井に、僕の気持ちなどわからないのだ。

「そういうわけじゃないけど……」

「だったら、一緒に陸上部入ろう」

「はあ……」

「はあって、中学校でも駅伝するだろう?」

「駅伝……って?」

「駅伝って駅伝だよ。小学校の時みたいに一緒に走って他校をあっと言わせよう」

桝井は当たり前のように言ったけど、僕が小学校駅伝を走ったのは、無理やりもいいところだった。

小学校駅伝大会は、各校から男女混合五名の一チームが出場する。僕がいた市野小学校では、六年生が出場するのが通例だった。ところが、僕が六年の時、大会一ヶ月前にメンバーが一人足りなくなった。桝井を含む男子三人と女子二人での出場が決まっていたのに、男子メンバーの大田が突然出ないと言い出したのだ。六年生に進級したころから、大田はタバコを吸ったり学校をふけたりしていた。そんなやつが根性の要る駅伝に出るほうがおかしかったのかもしれない。最初は調子よくやっていたけど、大会が近づいて放棄した。そして、急遽《きゅうきょ》、代わりの一人を決める時に僕の名前が挙がったのだ。

立候補も受け付けられていたけど、誰もやると言い出さなかった。走るのがしんどい以上に、代わりに出て大田に変な言いがかりをつけられるのが怖いのだ。だから、足の速い連中も目立ちたがり屋の連中も出たがらなかった。そんな時、どこからか

「亀でいいんじゃないの?」という声が出た。僕もみんなも不審な顔をしたけど、自分に回ってきても困ると思ったのだろう。そのうち、「そうだ、亀も最後ぐらい何か役に立てよな」「たまには活躍しなきゃ悲しすぎる」という意見で教室がいっぱいになった。断るタイミングも断る勇気もなかった。僕が駅伝を走った理由はそれだけだ。

「おいおい、半年前のこと忘れたの? あの時、設楽君、区間一位だっただろう」

考えこんでいる僕に、桝井が言った。

「まあ、そう、そうらしいけど」

「そうらしいけどって、一位取って忘れちゃうなんて、やっぱお前すごいな。突然走って、区間一位だもんな」

桝井は本気で感心しているようだけど、それこそいじめられっ子気質の賜物《たまもの》だ。リレーや駅伝、果ては百人一首大会まで。チームでやることほど僕にとって怖いものはなかった。自分のせいで負けたらひどい目に遭わされる。何としても速く走らなくてはいけない。僕は駅伝に出ることが決まってから、毎朝かかさず3キロを走った。実際に走るコースも学校から行く試走だけでなく、こっそり何度も走りに行った。きっと桝井よりも練習していたはずだ。僕が駅伝に出場したのも、区間賞をとったのも、いじめられたくなかったから。それだけだった。

「どうせ、まだどこにも入部届け出してないんだろ？」

桝井が言った。

「まあ、そうだけど」

「明後日《あさって》で締め切りだよ」

「そ、そうだね」

「じゃ、設楽君も今日から陸上部！　ってことでいいだろう？　さあ、行こうぜ」

桝井は僕の手を取った。

「いや、それはちょっと……」

「ちょっと、なんだよ」

「なんだよって……」

「大丈夫だよ。おれたちは小学生じゃないんだから」

摑《つか》まれた手をそっとほどいた僕に、桝井はにこりと笑った。

「え？」

「中学って、小学校とは違うじゃん。人数だって増えたし、知らないやつらもいっぱいいるだろ？」

「ああ」

「だから、小学校の時みたいにはならないよ」

見抜かれている。周囲にびくびくしている自分を桝井に知られている。僕は顔がじんわり赤くなるのを感じて、

「一緒だよ」

と投げやりに言った。

中学校と言ったって、二つの小学校が一緒になっただけだ。学年二クラスしかないし、人数が増えたと言っても知れている。

「設楽君心配しすぎだよ」

「しすぎなんかじゃないよ」

「おれに任せて。陸上部に入ってくれたら、いやな目に遭わせない」

「ど、どういうこと？」

「設楽君が陸上部に来てくれるなら、おれがなんとかしてあげる」

こんな交換条件に乗るのは、情けない。桝井にそこまで頼るなんて、格好悪い。でも、それはとても魅力的な提案だった。いやな目を見なくて済むなら、何部にだって入れる。僕の心はたちまちひきつけられていた。

「陸上部はきっと楽しいよ。だって設楽君走り速いんだもん。自分の力が発揮できる

場にいるって大事だろ」

「ああ、まあ」

自分の何かを発揮するなんて考えたこともなかった。だけど、ほんの少しでも居心地のいい学校生活を送れるのなら、それにすがりたかった。

「よし、じゃあ決まりね！　さ、着替えてきて。今日から行こう」

「で、でも、そんなことできるのかな……」

「大丈夫。秘策があるから」

六年間どうしようもなかった僕の毎日を、そんなに簡単に変えられるのだろうか。けれど、桝井は迷いも不安もなく自信たっぷりに微笑《ほほえ》んでいる。僕は桝井に言われるがままに、陸上部に入部届けを出していた。


陸上部に入部してから、中学生活は快適だった。もちろん、人気者になったわけでもなければ、活躍もしていない。でも、誰にも文句を言われない穏やかな日々が続いていた。同じクラスに同じ部活だから、桝井が一緒に行動してくれることが多くなったというのもあるけど、僕がみんなからいじられなくなった決定的な理由。それは、

「市野小で大田が唯一《ゆいいつ》手を出さなかったやつ。それが設楽だ」桝井がそんな噂《うわさ》をあち

こちで発信したからだ。

「嘘じゃないじゃん」

　噂を知った僕が問い詰めると、桝井はけろりと言った。

「う、嘘だよ、嘘」

　陸上部のアップはグラウンドを三周走って、体操をして、基礎作りの動きをする。先輩は八人しかいないし、アップの途中までは顧問の満田先生も来ないから、気楽だ。僕は桝井と並んで走りながら、文句を言った。

「じゃあ、設楽って大田にいじめられてたの？」

「そ、そうじゃないけど……」

「市野小の男で大田に何もされなかったのは、設楽だけだよ。おれなんて小学二年の時、ジャングルジムから突き落とされたからな」

「それは、まだ小二だからだろ」

「六年生になってからも、お前ケンカ売ってんのか？　って、何回も怒鳴られたよ。しかも、ケンカじゃなく売ってるのはヤクルトですって正直に答えて殴られたこともあるし」

　桝井のお母さんはヤクルトの販売をしている。どこかで会えば必ず声をかけてくれる桝井とよく似た、感じのいいお母さんだ。

「設楽だけが被害にあってないんだよ。すごいじゃん」

「だけど、大田が僕に何もしなかったのはさ……」

気に入らないと手当たり次第に噛《か》みついていた大田が、何もしなかったのは男子では僕だけだった。でも、それは嬉《うれ》しいことじゃない。屈辱だ。大田が僕に手を出さなかったのは、明らかに弱い者を相手にするのは格好悪いからだ。大田は女子と僕には何もしなかった。

「あの大田が頭上がらないやつってことは、ああ見えてかなりひどいことやるらしいよって、神崎小出身のやつらはびびってる。そのうち誰も設楽のことおちょくらなくなるよ」

桝井は愉快そうに言った。

市野中学校は市野小と神崎小の二つの小学校の卒業生からなる。校区が広く、小学校自体が離れているから、互いの学校のことは意外に知らない。しかし、入学式から大田は目立っていた。金に染めた髪に、タバコのにおいが染《し》み付いた学ラン。周りを見回しては悪態をつき、鋭い目つきで廊下を歩く。その大田が頭が上がらないやつ。どう見たって、暗いしどもるし亀吉って名前なのに、そのキャッチフレーズは効いた。

「こんなこと大田君の耳に入ったら、僕、殺されるかも」

「まさか」

「おい、ジョグ中にしゃべるな！　ジョグ中しゃべっていいのは自分の身体とだけだ！」

グラウンドに入ってきた満田先生に大きな声で怒鳴られ、桝井は肩をすくめた。

2

「設楽、お前、1区ね」

三年生になってまだ一ヶ月しか経《た》っていないのに、桝井はそう宣言した。

「何、それ。駅伝の話？」

「そう。今年は早めに準備する」

桝井はちらりと目をやった。確かに、顧問の上原先生は頼りない。

「陸上部で走るのは、おれと設楽と俊介《しゅんすけ》くらいだろう？」

「そうなるかな」

「あと三人は、他から捜してこないと。設楽もいいやついたら言ってな」

僕の意見なんか聞かなくていいのに、いちいち確認してくれる。桝井のいいところだ。

先輩だろうと女の子だろうと不良だろうと、誰とでもかまえず話せる。それが、桝井が好かれる理由だと思っていた。でも、きっと逆だ。桝井は後輩にだって僕みたいなやつにだって、態度を変えなかった。

「さ、集合」

桝井の声にアップを終えたみんながトラックに集まってきた。みんなといっても、今年入部した一年生はたった三人。二年生二人に僕たちを入れて四人の三年生。陸上部員は九人しかいない。年々生徒数が減っているのに、部活数は多いままだから部員が集まらないのだ。

「こんにちは。えっと今日は……」

顧問になって一ヶ月も経つのに、上原先生はみんなが集まるといまだにあたふたした。陸上部担当になって慌《あわ》てて買いそろえたのだろう。ジャージもスニーカーもまだ新しくて、なじんでいない。

「今日はそうだ、短距離は100と200のタイムトライアルで、長距離はペース走。五十五、五十三、五十、四十八、四十五秒を、それぞれ五周ずつで」

先生はノートを見ながらメニューを発表した。言葉に何一つ説得力がないのは、去年のメニューをそのまま口にしているだけで、先生自身意味がわかっていないからだ。

「四月五月はペース走で、走れる距離を長くしておくんですね」

桝井がそう言って、練習内容に意味を持たせる。

「そうだね」

「じゃあ、最後に流しを入れて、あとは仕上げに補強。でいいですか?」

「あ、うん」

上原先生は何もわからないのだから、いいに決まってる。だけど、桝井は先生を無視して練習を進めることはしなかった。

「先生はタイムと何周目かを読み上げてください」

桝井は上原先生にストップウォッチを渡すと、走ろうぜと長距離のメンバーに声をかけた。この間までストップウォッチのラップ機能さえ知らなかった先生だけど、今はちゃんとタイムを読めるようにはなっている。

ペース走はグラウンド一周２００メートルを決められたタイムで走る。四十八秒までは桝井や僕にとってはジョグのようなものだから、話しながらでも走れる。満田先生がいたら、怒鳴られてるところだけど、桝井はペース走の最初はしゃべれるくらい余裕があるほうがいいと言う。まだ根気がない一年生が、飽きずに走れるようにという配慮でもある。

「でも、僕が1区って」

桝井の横を走りながら、僕は静かに抗議した。

「何か困る?」

「こ、困るって言うか」

どこの学校も1区とアンカーに速い選手を配置する。それに、1区は一斉スタートで競技場内も走るから、競《せ》り合うし注目もされる。速いだけでなく勢いがあって勝負強い選手が1区に来るのだ。

「まさか、嫌とか言わないよね」

「嫌って言うか、でも、僕って1区向きなのかなって」

「向きだよ。設楽が1区しか考えられない。それより、陸上部以外だと速く走れそうなのって誰だと思う?」

桝井は話の方向を変えてしまった。

「うーん、そ、そうだなあ」

「体育の授業で1500走っただろう? やっぱり、渡部かな」

「桝井君の次が渡部君だったしね。でも渡部君、吹奏楽部だしなあ。走るかな」

「あいつ変わってるしな。それより、設楽、落ちてたな。タイム」

「ああ、うん、そうだな」

その時、僕は１５００メートル五分を切れなかった。

「調子悪かった？」

「いや、と、特に」

「そっか、ちゃんと盛り返してな。それと、能力的に大田は外せないかな。大田が入れば上位に食いこめる」

「大田って、大田君？」

僕は耳を疑った。大田は三年生になって進路選択を控えおとなしくなるどころか、度々学校をサボり問題を起こしていた。体育の授業でだって、走っていない。

「そう大田。あいつ、力あるぜ」

「それは知ってるけど、まず走るわけないだろうし、それに大田君が駅伝チームにいたら、他の人が入らないよ」

「えっと、この周五十三秒。次から五十秒ペースで」

スタート地点を通り過ぎる僕たちに、上原先生が声をかけた。

「今、ストップウォッチを押すタイミングが遅れたから、本当は五十二秒だな」

桝井はそうつぶやいてから、

「今年は陸上部不作だし、大田に走ってもらわないと県大会進出は無理だよ。どうせ、大田、めったに練習来ないだろうから、他のやつらも困らないだろうし。それにあいつ暇だぜ。野球部からバスケ部に転部してバレー部に行って……、今、何部だろう？ま、とにかくどこにもまじめに練習行ってないから、時間も力も余ってるって」

と言った。

「でも……」

大田と何かをするなんて、ましてや一緒に走るだなんて、厄介なことになるに決まっている。

「ね、勝ちたくない？」

想像しただけで気が重くなった僕に、桝井が言った。

どうだろうか。去年の駅伝大会で、五位に入って県大会に進出した時は、ほっとした。自分が走って負けたらだめだ。満田先生もみんなも必死になっている。迷惑をかけるわけにはいかない。だから、懸命に走った。勝ちたいかどうかなんて考えてもいなかった。

僕は空を仰いだ。五月も真ん中。空の色が静かに淡くなっていく。一年で一番夕方がきれいな時期だ。山を削って建てられた市野中学校を囲む木々が、夕焼けにうっすらと染められていく。僕の身体を包む空気はふわりと柔らかい。こういう日は、いくらでも走れそうな気がする。

3

五月の中間テストが終了してから、土曜日のたびに、僕たち市野中学陸上部は学校外へ走りに出向くようになった。競技場を借りてタイムを計る合同記録会や、他の学校との練習会に参加するためだ。このあたりは山に囲まれた田舎で、どこの学校も生徒数が少ない。どの部活も、いくつかの中学校が合同で練習をすることが多かった。

他の学校の先生が集まると、上原先生の頼りなさは一層はっきりした。他校の顧問の先生は自分自身も陸上をやっていた人が多く、みんな満田先生並みに威厳がある。そんな中で、上原先生はいつもおろおろして情けない顔をしていた。

「何だか気の毒だな」

今年度に入って、二度目の合同記録会。僕はスタート地点から上原先生を見やった。上原先生は周回をカウントする担当になったらしく、何度も近くの先生に手順を確認していた。

「何が？」

桝井が僕のほうに振り向いた。

「いや、上原先生……。無理やり顧問にさせられて、なんか、慣れないことばかりで」

「仕事なんだから当然だろ」

「そ、そうだけど」

「誰だってやりたいことだけしてるわけじゃないじゃん。おれらだって、やりたくもないのにやらなきゃいけないことだらけだ」

桝井の言うとおりだ。でも、僕には合同練習会や記録会に来るたびに、上原先生が無意識に時計を何度も見る気持ちがわかってしまう。苦痛な時間ほど長く感じるのだ。どこにいていいのか、何をしていいのかわからず、場違いさにうろたえている。小学校の時、僕はいつだって一日が長くてしかたがなかった。

「ま、そんなことより集中しよう。今日はどかっとすごい記録出してくれよな」

桝井はさっきの厳しい意見を消し去るようにふざけて言った。すぐに冗談や笑顔で消してしまうけど、最近の桝井は時折深刻な表情や言葉を見せることがあった。駅伝大会が近づく中で、さすがに焦《あせ》りや不安を感じているのだろうか。

「ああ、わかってる」

僕はしっかりとうなずくと、気持ちを高めるためにジャンプをした。授業の長距離走では一度も良い記録が出ていない。そろそろきちんとタイムを出さないといけない。

3000メートルのレースが始まるピストルの音が鳴って、二十名近くの選手が一斉に飛び出した。まだ五月の段階では走り慣れていない選手も多く、すぐに差が開く。ここで先頭集団を走っている選手が、五ヶ月後の駅伝で1区か6区を走ることになるだろう。僕は桝井の背中を追った。桝井はしょっぱなから飛ばしている。今の時点の練習量では3000メートルを十分切れば上等なのに、九分前半のペースで走っている。こんなペースに付いていくと、走りきれなくなる。僕は桝井の背中を見るのをやめて、先頭集団から離れないことに専念した。先頭集団は五人。去年の駅伝選手がほとんどだ。僕と同じように3区を走っていた選手もいる。この選手となら同じくらいで走れるはずだ。

400メートル地点付近を通過すると、先生たちの声が聞こえた。どこの学校の先生も、「ペース上げすぎだ。もう少し落とせ」とか、「力を抜いて腕を振れ」とか、的確なアドバイスを大声で選手に送っている。でも、上原先生がかける声はいつもと同じく「ファイト」と「がんばって」だけだ。僕たちのペースが速いのか遅いのかも、わかっていない。

一定のペースで走っていたはずなのに、半分を過ぎたあたりから、僕は遅れ始めた。動きにキレがないのが自分でもわかる。そして、それに気づいたとたん、先頭集団から離れてしまった。これではだめだ。僕は腕を下ろして肩の力を抜いた。ここから1500メートル走を走るつもりでやろう。そう切り替えたつもりが、すぐに第二集団に飲みこまれてしまった。先頭集団との距離は開く一方だ。ペースが崩れ、第二集団と第三集団の境目でもがいているうちに3000メートルのゴールとなった。

桝井は九分二十二秒で二位、僕は十分十八秒もかかってしまった。

「このグラウンドで十分十秒切れないのはきついね」

競技場のグラウンドは学校とは違い、一周が400メートルで記録が出やすい。僕のタイムに桝井が言った。

「ああ、そ、そうだな」

別に手を抜いているわけじゃないのに、結果が出ない。自分のふがいなさに僕は肩を落とした。

「えっと、お疲れ様」

上原先生は僕たちのそばに走りよってきたものの、特にレースに関する感想は述べなかった。

「な、なんかいまいちでした」

僕が正直に言うと、上原先生は少し笑って、

「大丈夫だよ。記録会は再来週もあるんだし。その時またがんばれば」

と言ってくれた。行きたくもない記録会にまた次も参加してくれるんだ。僕はなんだか申し訳ない気持ちになった。

上原先生は、初めは土日に部活があることにも、朝練習があることにもついてこれていなかった。

「文化系のクラブだけです、土日に活動してないのは。あと、先生、気づいてないかもしれないけど、僕らは朝も走ってますよ」

桝井にそう言われて、げんなりしているのを悟られないようにつくろいながら、先生は土曜日も日曜日も練習を実施してくれるようになった。何かするわけではないけど、朝の練習もぼんやり眺めてくれている。

「次はもう少し走れるようにします」

「うん。がんばって」

上原先生はそう言うと、次のレースの周回記録のためにまた担当場所に走っていっ

た。

どうして記録が出ないのか、自分でもわからなかった。身体は不調ではないし、足に怪我《けが》も抱えていない。上原先生が顧問になって適当にしている部員もいるけど、僕は何一つ手を抜いていない。それなのにどうしてうまく走れないのだろう。心あたりが一つもないのに、結果が出ないのだ。

トラックでは二年生のレースが始まり、桝井が俊介に檄《げき》を飛ばしていた。いつもスタートから飛び出す俊介に、桝井が「まだ急ぐな」と叫ぶ。俊介は自分でペースを作るのはへただけど、走りを調節するのはうまい。桝井がもう少し詰めろと言えば前との距離を縮め、桝井がまだ焦るなと言えば落ち着いて足を進める。迷うことなく、ただ桝井の言うがままに生き生きと走る俊介が、うらやましかった。

4

六月も半ば、梅雨入りして三日目。久しぶりに訪れた晴れ間を狙《ねら》って、第一回目の駅伝練習が行われた。

いろんな部活の生徒が参加するから、例年、駅伝練習が行われるのは、部活の後だ。駅伝に参加しない生徒が下校しだし、日も傾き始めた六時前に始まる。

今年度第一回目の練習に集まったのは、たった五人。桝井が何度か声をかけたらしいけど、大田の姿も渡部の姿もなく、僕と桝井、二年の俊介に一年の崎山と岸部。陸上部で長距離をやっているメンバーが、そのまま駅伝練習参加者だった。

去年のスタート時は参加者が十六人もいた。ついでに、教師だって何人も練習を見守っていたのに、今日は二人しかグラウンドにいない。一人はもちろん上原先生で、もう一人は今年異動して来た体育教師の下山先生だ。

「えっと、部活でインターバルやったし、3000のタイムトライアルかな」

上原先生がメニューを発表した。少しずつ陸上というものに慣れてきた先生は、インターバルとペース走とタイムトライアルと野外走の順番に練習を組み立てればなんとかなるという技を身につけたようだ。だけど、駅伝練習の初日に、しかも最近の雨で走れていないのに、3000メートルの記録をとるのは厳しい。でも、桝井は反対せずに、

「じゃあ、タイムをとるのは二十分後ってことで、それぞれアップでいいですか?」

と軽やかに言った。駅伝練習を少しでも良い雰囲気でスタートさせようとしているのだ。

「うん、そうだね。それじゃ、六時十分スタートで」

上原先生がそう告げて、僕たちはジョグを始めた。

下山先生は体育教師だからといって何か言うわけではなく、「わしは野球部だから陸上はようわからん」とグラウンドの真ん中に座って、のんびりと草抜きをしていた。降り続いた雨のお陰で、土もやわらかく草も抜きやすそうだ。

「大田君は駅伝のこと、なんて言ってるの？」

ジョグをしながら僕が聞くと、

「そうだなあ。駅伝の話になる前に、おれを見ればうざいとか、死ねとか、消えろとか言ってる」

と、桝井はにやにやしながら答えた。

「怖いな」

そう言っている大田の姿は簡単に思い描けた。

「それがあいつの口癖だからな。そのうち落ちるよ。大田、自分の能力も知ってるだろうし、誰かと何かやるの好きなはずだからさ。うまく入れるチャンスさえあればいいんだけど」

「そうかなあ」

大田が人と一緒に何かをやるのが好きだなんて初耳だ。不良に憧《あこが》れている二年生や、ごまをすっているやつらが大田の周りをちょろちょろしてはいるけど、大田自身は協調性のかけらもない。

「じゃあ、渡部君は？」

「なんだっけ、仲間や学校のために走るなんてナンセンスだとか、俺は俺の心が決めたことしかしないんだとか、賢そうなことをのたまってた」

大田と話すのも渡部と話すのも難しそうだ。僕はこっそりため息をついた。

「ま、どっちもそのうちなんとかなるよ」

桝井は僕に笑顔を見せると、「流し入れよう」とみんなに声をかけた。かなわない。桝井の笑顔を見ると、そう思う。小学生のころはランクが違うやつなんだと思っていたけど、桝井がいるところは変動する順位の上じゃない。悩みなどないかのように、いつも周りに笑顔を向けている桝井は、まったく別の場所にいるようにさえ思えた。

流しの１００メートルを三本走ると、身体が起き上がってくるのを感じた。最近雨続きで、校舎内のジョグと筋トレしかしていなかった。なまっている身体が、久々に広いグラウンドを走りたいと言っている。部活で走った疲れも足には残っていない。今日は走れそうだ。きっと走れる。僕は自分に言い聞かせて、３０００メートルのスタートを切った。

五周目まで200メートルを桝井と同じ三十五秒で走り、十周目まで三十八秒を保っていた。この調子で最後まで走れば大丈夫だ。あと、五周このままで走れば、3000を十分切れる。しかし、そこからは落ちる一方だった。一周のタイムが四十秒になり、四十二秒に落ち、最後の一周はまったく力が出なかった。

「設楽、ラスト一周、200メートル走だと思って上げろ!」

先にゴールした桝井に叫ばれたけど、息が苦しくて思うように足が動かなかった。僕がゴールに入る時には、桝井の言葉どおりに上げてきた俊介がすぐそばまで追い上げていた。結果は十分十五秒。俊介とだって五秒しか変わらなかった。

ラストスパートがかからない。肝心な最後に力が振り絞れない。身体がしんどいと感じてからは、ふんばれずに落ちてしまう。去年の走りとの違いはそこだ。

「上原だって、気にしてるよ」

ダウンをしながら、桝井は言った。顧問が上原先生に代わってから僕のタイムは下がっている。先生は少なからず自分のせいだと思っているはずだ。でも、僕は上原先生を甘く見てもいないし、何も変えていない。それなのに、どうしたって記録があがらないのだ。

「初日で無事に練習ができてよかったね。梅雨だけど外で走れたし。あ、そうだ、下山先生から何かありますか？」

集合したみんなに、上原先生は最後の言葉を言うと、みんなが作った輪の外で草抜きをしている下山先生のほうを向いた。

「え？　わしか？」

「何か一言お願いします」

上原先生に促されて、下山先生はどっこいしょと立ち上がり僕らに近づいてきた。

「お疲れさん。みんなようがんばるなあ。ま、暗くなってきたし、雨が降りそうだし、気をつけて帰れよ」

下山先生は尻《しり》に付いた砂を払いながらそう言った。

「えーそれだけー？　体育教師なのに僕らの走りになんかないの？」

俊介がもっともなことを突っこんだが、

「十分いいこと言ったじゃないか」

と、下山先生はまた草抜きに戻ってしまった。

「本当に雨降りそうだな」

桝井が空を見つめた。僕らの上には、夜の暗さだけではない陰りのある空が広がっていた。

「梅雨だもんね。来週もずっと雨だって天気予報も言ってたし。もうちょっと待ってから、練習スタートしてもよかったかも」

俊介も空を仰いだ。

陸上部員しか集まらないのなら、部活動と同じだし慌てて駅伝練習を始める意味はない。初日に3000メートルを走らされて疲れきった一年生たちも、「梅雨だしね」「雨だと練習しにくいしな」と口にした。桝井までが「グラウンドで走れないなら、梅雨明けまで待ってもいいかな」と言いだして、なんとなく次の駅伝練習は先延ばしになりそうだった。だけど、上原先生は、

「でも、他の部活終わった後に練習するんだから、雨でも体育館も使えるでしょ？ 階段でダッシュしたっていいし」

と、当たり前のことのように言った。

「そうですね。地道にやってると、メンバーもそのうち増えるかも」

桝井は上原先生の言葉にうなずくと、

「さあ、さっさとトンボかけて雨が来る前に帰ろう」

と、声の調子を上げた。

下山先生は僕らがトンボをかけ終わるまで、「ご苦労さん」と言いながら草を抜い

ていた。

5

梅雨が終わって太陽の光が激しくなると、学校生活も加速する。夏休みに入ってすぐにある三年生最後の部活の大会に向けて、みんなの熱気があがるせいかもしれない。

そんな中、駅伝練習は相変わらず陸上部の五人だけで行われていた。暑くなってくると、部活で走った後の練習はきつい。それに、なかなかメンバーがそろわないことへの不安も加わって、練習の雰囲気は重かった。一年生の崎山は塾だ何だとよく帰るようになり、岸部はかかさず参加はするけどあきらかに疲れていた。

「日が傾く中走るってかっこいいじゃん。夕日に向かって走るのは青春の定番だからさ」

桝井は毎回慰めのような冗談を飛ばしたけど、同意するのは俊介だけだった。

「まあ、始めましょう。えっと、今日はそうだなあ、インターバルにしようかな」

上原先生がメニューをノートに書きこんでいる横で、俊介が、

「出た出た出た！」

と、桝井の肩を揺すった。

「どうしたんだよ」

みんなで何事かと俊介の指すほうを見ると、そこにはだらしなくジャージを着た大田がいた。大田はうっとうしさを全身から漂わせながら、こっちに向かってくる。体育の授業にまともに出ていないせいか真白のTシャツも青のハーフパンツも鮮やかな色のままで、真赤なスニーカーがグラウンドの上で目立っている。

「出たじゃなくて来ただろう」

桝井は俊介の肩を小突いた。

大田は一歩一歩ずるずると足を進めながら、集合している僕らに近づいてくる。みんなに見られているのが照れくさいのか、視線は横に逸《そ》らせたままだ。

「よ、待ってたんだぜ」

桝井は大田に駆け寄ると、僕らの輪の中まで引っ張ってきた。

「やっと来てくれたんだな！　みんなどれだけ待ってたか」

桝井の声は弾んでいる。

「あっそう。で？」

大田は桝井の手を乱暴に振り払うと、いらいらと頭をかいた。金髪に染めた髪が西日でキラキラと光っている。

「とにかく来てくれてありがとう」

桝井に礼を言われ、大田はますます頭をかいた。

「よろしく、大田先輩」

人懐《ひとなつ》っこい俊介はびびりながらも、にこりと笑った。俊介はすんなりと相手の中に入っていける気安さを持っている。一年生たちもそれにのっかって一緒に頭を下げた。

「まあな」

大田は後輩たちにあごだけで会釈《えしゃく》をすると、

「設楽もいたんだな」

と僕のほうを見た。

「あ、ああ、うん」

大田の鋭い目に、僕はどぎまぎしてかすれた声が出ただけだった。

「まあ、よろしくな」

大田はガムをくちゃくちゃさせながら言った。僕はこちらこそと言おうとしたけど、喉《のど》が渇いて声など出なかった。

「メンバーが増えて何よりだね、ってそれよりガムガム」

上原先生は大田の口元を指した。

「は?」

大田は剃《そ》ってほとんどなくなっている眉《まゆ》をひそめて口をゆがめた。教師に何か言われると反射的にするいつもの顔だ。

「口の中にガムあるでしょう? 吐いて」

上原先生は躊躇《ちゅうちょ》せず自分の手を大田の口の前に持っていった。

「もう、先生。今は大田がガムを食べてることなんて問題じゃないですよ。ガムだよガム。タバコでもシンナーでも一ヶ月前のヤクルトでもない」

桝井は陽気に言うと、

「さ、走ろう。アップ行くぜ」

とみんなに声をかけた。

「のんびりしてると、上原先生にいちゃもんつけられるよ」と桝井に背中を押され、大田も眉をひそめたまま、アップの流れに従って足を動かした。

大田は体操するたびに「マジだりい」と言い、メニューが発表されると「は? マジ無理」と文句をつけた。でも、400メートルのインターバルを「こんなだりいことやってられねえ」と叫びながら十本も走った。「初日だから大田君は六本でいいよ。タイムも七十八くらいで」と上原先生に言われたことで、「お前、俺馬鹿《ばか》にしてんの？　なんでこいつらよりレベル落とさなきゃいけねえんだよ」と大田のやる気は倍増し、僕たちと同じメニューをこなしたのだ。スポーツから遠ざかっているはずなのに、腕にも足にも筋肉がしっかりついている大田は、固い弾丸のような身体《からだ》で、突進するように十本を走りきった。

ただ、そんな大田もダウンの時にはぐったりで、

「俺にダウンとかいらねえし」

とみんながジョグやストレッチをする間、一人でグラウンドの真ん中に寝転がっていた。

それから、大田は三日来たと思ったら二日休んだり、終わりかけのころにやってきたり、いい加減ではあったが、週に二回は駅伝練習に顔を出すようになった。

大田に続いて、夏休みに入って二週間もすると、渡部も駅伝練習に加わった。

「君たちがうるさいからだ。ま、誰かに恩を売るのも悪くないしな」

そう渡部が言うのに、桝井と俊介は「恩に着ます」と笑い、大田は「どうせ暇なんだろ」と顔をしかめた。

夏休みは部活が午前中に行われるから、部活前の朝の涼しい時間に駅伝練習を実施

する。自分の知らない間にメンバーが増えるのが気になるのか、大田は夏休みの練習には朝早くても遅れずやってきた。

「暇じゃないよ。他の部は夏季大会が終われば三年は引退だけど、俺たち吹奏楽部は十一月の音楽フェスティバルまで部活があるんだ。でも、たまには、自分の中になかったことに挑戦するのも悪くないだろう?」

渡部の理屈に、大田は案の定、「うぜえ」を連発した。

「求められるところにはそれがどんなグラウンドだって行く。それが何にもカテゴライズされない渡部のスタンスだからね。ちょうど吹奏楽の練習のいいアップになるよ。さあやろう」

桝井は渡部の気に入りそうな言葉を並べてから、みんなを集めた。

夏休みの練習はほとんど野外走だから、グラウンドじゃなく校門前に集合する。学校を出発して近くの山道を上り、ぐるりと一回りして戻ってくるのがコースだ。実際の駅伝もグラウンドを走るわけじゃないし、アスファルトを踏んで上りも下りも身につけたい。何よりこの暑い中で距離を多く走って、持久力をつけなくてはいけない。

「えっと、メニューはいつもどおりで野外走と坂ダッシュね。じゃあ、どうせ抜かれるから、私は先行きかけとく」

上原先生はそう告げると、自転車を漕《こ》いで校門から出て行った。初日と二日目、一緒にスタートをした先生は、自転車だというのに、半分を過ぎたころには僕らの後ろへと消え、ダウンも終えたころにふらふらしながら戻ってきた。

上原先生が出発すると、僕たちも体操をして校門を出た。あと二、三時間もすれば日差しは強くなって、じりじりと照りつける。だけど、まだ七時を過ぎたばかりの太陽は澄んでいて、きれいな日陰を作ってくれる。

校門前の坂を下りきると、国道に出る。時々出勤する近所の人たちが車の中から「がんばれよ」と声をかけてくれる。この辺りでにぎやかなのは、この国道だけだ。国道を少し走り細く長い山への上り坂に入ると、家の数はぐっと減り車もめったに通らなくなる。この地域は山に囲まれたいくつかの集落でできていて、少し歩けば当たり前のように山があり、田畑がある。その環境に小さいころから慣れ親しんでいるせいか、土や木のにおいに包まれると心が落ち着いた。

桝井と僕が先頭を走り、その後ろに俊介、一年生と続く。大田はわざわざ横道にそれたり溝を覗《のぞ》いたりと自分勝手なペースで走り、渡部は「とりあえず走ってやるか」という感じで最後尾からついてきた。

「やっぱ渡部は足が長いし、無駄なものがついてないから、いくらでも走れそうだな」

　桝井は時々後ろを振り返ってはみんなの様子を見た。普段の渡部は、細身で色白なせいか華奢《きゃしゃ》に見える。けだるそうな顔も長めの髪も運動とは程遠い。だけど、いざ走っている姿を見ると、きれいな筋肉が腕にも足にもまんべんなくついているのがわかる。

「そうだね」

「一年も来年にはそこそこ走れるようになるだろうし、大田に俊介に渡部。夏休み前半にしたら上々だな」

　桝井の声が弾んでいるのに、僕まで嬉《うれ》しくなった。

「後一人だね」

「設楽、だれか心当たりある？」

「うーん、そ、そうだなあ。あと速いって言ったら、安岡君か三宅《みやけ》君ぐらいかな」

　僕は体育の授業の長距離走で上位を占めている二人の名前を並べた。

「なあ、ジローはどう？」

　桝井が言った。

「ジローって、仲田君？」

「そう」

「遅くはないだろうけど、でも、あんまり駅伝向きじゃない気もする」

　ジローはバスケ部の部長で、球技や短距離は得意なようだけど、長距離を走るイメージはなかった。

「単純に長距離のタイムで言えば安岡とか三宅だけど、でも、駅伝を走るとなったら、やっぱりジローが一番じゃないかな」

　みんなからジローと呼ばれている仲田は、生徒会書記であり、バスケ部部長であり、いろんなことをやっているお調子者で、こんな僕でさえジローと呼んでしまえる気楽な雰囲気を持っている。けれど、気楽でお調子者であることと駅伝が関係あるのだろうか。

「どうして？」

「ジローがいると楽しくなる。それに、安岡や三宅はしんどいことは嫌がるだろうし、なんて言っても大田と関わりたがらないだろ？　だけど、ジローなら、真剣に頼めばうんと言ってくれるだろうし」

「そうかな」

「だってジローだぜ。ジローが何かを断るなんてあり得ないよ」

大田と渡部を説得するのに、苦労したのだろう。何だって、断られるのは気がめいる。何度も頼みに行くのは、さすがの桝井もしんどかったにちがいない。

上り坂の半分まで来たころ、上原先生が見えた。駅伝練習が始まったころは、つばの大きな帽子に長袖長《ながそで》ズボンの重装備だった先生も、焼けることが気にならなくなったのか、暑さでそれどころじゃないのか、髪をきゅっと結び、半袖に短パンで必死に自転車を漕いでいる。

「先生が野外走についてくるのって、僕らの交通安全のためじゃないの？　あれじゃあ、ただのサイクリングだ」

俊介がケタケタ笑った。

「サイクリングにしたら苦しそうだけどな」

立ち漕ぎで自転車を漕ぐ先生を、桝井も笑った。

「また下りで追いつくから」

上原先生はそう言いながら、せっせと自転車を漕いだ。

どれくらい手間がかかったのかわからないけど、ジローはバスケ部の大会が終わった二日後からやってきた。

「おっは～。これか、駅伝練習って」

相変わらずのジローの姿に、みんなの顔もほころんだ。バスケは室内競技のはずなのに、こんがり焼けて寝癖だらけのジローは夏休みの小学生みたいだ。

「ジローよろしく。早速、15キロほど走るけど大丈夫？」

桝井に言われ、根っからお調子者のジローは「おう、全然ＯＫだぜ。何かテンション上がってくる。みんなが部活始める前に朝から走るとか最高だな」と、わくわくしていた。

その様子に僕の心も弾んだ。六人そろったというのもあるけど、ここにジローがいることがいい。大田はどう見たって怖いし、渡部とはどうやって接点をもっていいかわからない。桝井は僕には存在が大きすぎる。ジローが加わったことは、僕にちょっとした安心感を与えてくれた。

6

二学期になるとすぐ、上原先生は練習表を配った。十月十二日の大会まで一ヶ月と少し。大会前日までの計画が綿密に書かれている。

「先生なかなかやるじゃん。こりゃ満田先生並みだ」

俊介に言われて、上原先生はえへへと笑いながら何枚かのプリントを僕たちに見せた。

「まさかこんなの私は考えられないよ。ほら、これ。幾多中学の練習メニューに加瀬中学の分。そして、なんとこっちは去年優勝した加瀬南中のメニュー。あちこちの学校のを合体させて作ったんだ」

「そういうのは密《ひそ》かに持っておいて、寄せ集めて作った市野中学校のオリジナルメニューだけ発表すればいいのに」

桝井はやれやれと指摘した。

「なるほどね。でも、どの学校の先生もたやすく練習表とかくれるんだよ。困ってるならどうぞって。敵とか味方とか、中学のスポーツには関係ないんだって初めて知った。とにかく土日は行けるだけ試走や記録会に行こう」

相変わらず上原先生は陸上部の顧問らしくはない。だけど、少しずつ陸上に対する苦手意識のようなものは消えている。

「じゃあ、二学期の練習表も配られたし、区間の提案していいですか？　先生、誰が何区走るかまだ決めてないでしょう？」

「まあそうだけど？」

桝井の言葉に、上原先生だけでなくみんな怪訝《けげん》な顔をした。

実際の駅伝コースを走る試走は、まだ一回しか行なっていない。それもみんなでコースを下見して、全員で同じ区間でタイムを計っただけだ。まだ大会まで一ヶ月ある。上原先生にみんなの適性を見抜いて区間を決める力がないにしても、これから何度か試走する中で決めていけばいいはずだ。

「もう発表するんですか?」

俊介も目を丸くした。

「と言っても、1区と2区しかイメージないんだけど。最初の二つだけは早く確定したいなって」

桝井は僕の顔を見た。1区は僕に決まりだとずいぶん前から言っていた。ということは、2区が誰かを決めたということだろうか。2区は何度も上り坂があるコースだ。それに向いているのは誰なのだろう。僕には見当がつかなかった。

「最初の二つを決めておくことにどういう意味があるんだよ。とっとと全部決めてしまえばいいのに」

渡部が小難しい顔をする横で、大田は、

「どうでもいいから早く言えよ」

といらついた。

「そうだな。じゃあ、発表する」

二つの区間が言い渡されるというだけで、みんな息をのんで桝井を見つめた。

「1区は設楽。で、2区は大田かなって思うんだけど」

「は？　なんで俺が2区？」

桝井の提案に、どの区間でも文句を言うであろう大田が眉をゆがめた。

「2区は困る？」

「いや、まあ、どこでも嫌だけどな」

桝井に冷静に尋ねられ、大田はそう言った。とりあえず了解ということだ。

「なんかよくわからないけど、いいじゃん。設楽と大田が1、2区で。小学校も一緒だったんだろ？　いいリレーって感じがする」

いつものごとくジローは調子のいいことを言った。

僕と桝井以外のメンバーは、今年初めて駅伝を走る。みんな誰がどこの区間に向いているのかなんてわかるはずがない。渡部も俊介もそんなものなのかと納得をしていた。

それにしても、桝井はどうして1区と2区だけを先に決定したのだろう。百歩譲って僕の1区はしかたがないにしても、その先に待つのが大田だなんて恐怖だ。どう考えても、このメンバーの中で大田と一番合わないのは僕だ。誰とでも仲良くできるジローか、自分の世界を勝手に生きてる渡部のほうがよっぽど大田とうまくいくだろう。

「設楽、よろしくな」

戸惑っている僕に、桝井は軽く微笑《ほほえ》んだ。


九月最初の土曜、バスに乗っていつもの競技場へ合同記録会に出向いた。今までの陸上部だけの記録会とは違い、駅伝を控えて各校の駅伝選手が参加する長距離の記録会だ。

今回は参加校が多く、十校以上の学校が競技場に集まっていた。普段、人数の少ない中で生活している僕は、人の多さだけで息が詰まりそうになった。

「どれだけ伸びてるのか楽しみだね」

上原先生はにこやかに言った。

一年は1500メートル走に、駅伝メンバーは全員3000メートル走にエントリーした。八十人近い選手がだいたいの速さ順に四組に分けられる。桝井は一組、僕と俊介は二組、大田は三組、ジローと渡部は四組にエントリーした。

最初は一組目のレースだ。

一組の選手は、桝井を含めみんな輝いて見えた。九分台前半で3000を走る選手たち。夏の間に走りこんでいるから、みんなユニフォームから伸びる手足に無駄なものが付いていない。ここに入っている選手が、駅伝本番で1区や6区を走ることになるはずだ。

二十名近い選手が一斉にスタートを切った。去年の駅伝で、二年生ながら1区を走り区間賞を取った加瀬南中の選手がトップを飛ばしていたが、つられることなくみんな冷静にペースを守って走っている。

「これは後半勝負になりそう」

俊介が桝井を目で追いながら言った。

1000メートルを過ぎるところまでは、桝井も他の選手もまだ力を溜《た》め込んでいる感じだった。後半、一気にペースが上がるのだろう。ところが、その後半に差し掛かったあたりから桝井のペースが落ち始めた。何人かの選手が飛び出すのに付いていけず、桝井は第二集団の後ろまで後退した。ここで離されると、最後にスパートをかけても間を縮められない。

「桝井、詰めろ。腕振って！」

「もう残り400だ。上げていこう！」

僕も俊介も叫んだが、ペースは最後まで上がらず、桝井は十二番目でゴールをした。桝井が三位以内に入らなかったのは初めてだ。

三組目のレースは大田がかき乱した。大田は短距離を走るスピードで飛び出したかと思うと、400メートルを走りきったところで急激に失速した。最初に飛ばしすぎたのだ。あとは落ちるしかない。しかし、大田は1000メートルを過ぎたあたりで、また加速した。走れる時に走って、疲れたら減速する。そんな無茶な走りで周りを振りまわした。初めに大田に付いていった選手は後半にはばてていたし、冷静に走ろうとした選手たちも突然スピードを上げる大田にスパートをかけるタイミングを見つけられないでいた。

とんでもない走り方だけど、加速する時のスピードと、走りながら回復するスタミナはすごい。そして、最後の200メートルで大田はさらに火がついた。ゴールが見えたとたん、がむしゃらに走り出し、前を走っていた六人を襲い掛かるように抜きさり、一位でゴールしたのだ。記録は十分二十八秒。もっと上手な走り方をしたら、確実にタイムを上げられるはずだ。

四組目は、駅伝初参加者が多く、どこの学校も陸上部員がほとんどいないグループだった。そのせいか、レースは最初から混戦になった。ジローは長距離のレースになれていないのもあって、前半に抑えすぎて後半追い上げたものの十一分ちょうどの記録にとどまった。渡部はスタートからゴールまでまったく同じペースで走り、十分三十二秒で二位。ゴール地点でジローは疲れきって倒れこんでいたけど、渡部はいつもの涼しい顔をしていた。ジローと渡部は未知の部分が多い。

僕自身は二組目で六位。相変わらず十分台を切れずにいた。十分八秒。俊介とも八秒しか変わらなかった。

「九分台が一人なのは厳しいな」

上原先生はそう言った。強い学校は仕上げてきていたし、他校は今年も選手層が厚かった。このままの状態では、ブロック大会で六位に入るのは難しい。九分台を出さなくてはいけないもう一人は、きっと僕だ。

「すみません」

謝るべきことかどうかわからなかったけど、僕は先生にそう言った。

「え？」

「なんだか、全然記録出せなくて」

「大丈夫だよ。これから駅伝をイメージして練習したら伸びてくるから」

「ぼ、僕、本当に1区でいいのかな」

上原先生の言葉で駅伝を想像した僕は、思わず不安が口をついて出た。

「どうして?」

「どう考えても、僕1区向きじゃないし」

「そう? 私も桝井君の区間の割り振りは正しいと思ったけど。1区設楽君、2区大田君。それ以外に考えられないな」

「どうして? 先生、駅伝のことを知らないのに?」

上原先生があまりにはっきり言い切るのに、僕は失礼な聞き方をしてしまった。

「確かに走りのことはわからないけど、でも、なんていうか、こういう簡単なことはわかるっていうか」

上原先生は少し肩をすくめてから答えた。

「簡単なこと?」

「だって、設楽君、三年になって記録が出なくなったでしょ? その原因ってさ」

「な、何ですか?」

僕は先生の言葉を遮った。その原因。それこそ僕が知りたかったことだ。それがわからなくて僕は悩んでいた。

「何って、設楽君、三年生になって先輩も満田先生もいなくなって、すっかりプレッシャーがなくなったじゃない。私はこんなだし。だから、ここぞっていう力が出ないんだよ」

「まさか」

僕は予想外の答えに眉を寄せた。

「それくらいしか理由がないでしょ。私、威圧感のかけらもないし、陸上部は自由な感じになってしまっているし」

「そんなことない。僕は今も去年も同じようにやってます」

僕はむきになった。顧問が代わって、満田先生の時と一番変わってないのは僕だ。

「わかってるよ。設楽君一生懸命やってる。でも、私のことなんか怖くないでしょう？　何が何でもなんとかしなきゃって思わないでしょう？　去年との違いはそこだよ。設楽君はプレッシャーをはねのけようとする時に力が出る人だからさ」

「そんな……」

思いもしなかったところを突かれて、僕は心も頭もざわわした。

「設楽君が私にきちんと接してくれてるのわかってる。満田先生と同じように、顧問だと思ってくれてるのありがたい。だけど、私には追い込まれないもんね。設楽君に限らず世の中の誰も私になんか追い込まれないけど」

上原先生は冗談ぽく言ったけど、僕は飲みこめなかった。

乱暴に言えば、僕にプレッシャーをかけるために1区にして、僕を追い詰めるために大田を2区にしたってことだ。

僕は誰かに責められていないと走れないということだろうか。いじめられっ子気質を発揮しないとだめだということなのだろうか。それを思うと心中が沸き立った。桝井にそう判断されたと思うとたまらなかった。しかも、上原先生までが僕のことをそう見ていたのだ。

「とにかくここからだよ。あと一ヶ月、仕上げていこうよ」

上原先生は僕の目を見た。言いたいことはたくさんあるはずなのに、僕は何も言えなかった。

7

駅伝大会まで二週間を切った日曜日。最後の試走が行われた。上原先生だけでなく、何人かの先生も補助に来てくれ、当日の区間どおりに走ることになった。

最近晴れ続きだったのに、空にはどんよりと重い雲がのしかかっていた。じっとりした空気に、身体が重くなりそうだ。でも、やるしかない。1区の僕が最初に走るのだから、空気を高めなくちゃいけない。

1区は競技場を一周走り、外へ出る。川沿いの緩い下り坂を走ったあとは平坦《へいたん》な道が続く。二度曲がり角はあるものの単調なコースだ。

「お願いします」僕が言うと、1区を担当してくれる下山先生が「よっしゃ」とストップウォッチを押した。競う相手もいない静かなスタートだ。

上原先生に走れない原因を突きつけられた日から、僕の頭の中は走るたびにいろんなことがめぐった。いじめられるのが怖くて必死だった小学校駅伝。守られたくて入った陸上部。僕を速く走らせられなくて困っている上原先生のことや、僕にプレッシャーをかけるために2区に配置された大田のこと。そういうことがいつも頭の中に渦巻いた。

下山先生は「設楽調子いいぞ」と声をかけながら、僕の目の前を自転車で走った。このコースを走るのは五度目で、僕の身体はよくルートを覚えていた。下り坂は絶え間なく川音が聞こえること、その後のアスファルトは道が悪いこと、曲り角はほんの少し道が右に傾いていること。それぞれの道の状態に合わせるように身体は動く。頭に余分な考えがある時も、身体はきちんと仕事をしてくれる。小学校六年で駅伝を走った時もそうだった。怖くてドキドキしていても、僕の身体は練習した分、ちゃんとゴールに向かわせてくれた。僕の身体はいつも頼りになる。今だって同じだ。身体はプレッシャーや迷いを押しのけて、少しでも速く前に進もうとしてくれる。

残り100メートル少しのところで、大田の姿が見えた。試走だから襷《たすき》もなく、続けて走るわけでもない。大田は黙ったまま僕の走る姿を見ている。いつもの射るような鋭い目。その視線が気になってか、やっぱり大田が怖いのか、それとも最後だから当然なのか、僕の足はゴール直前で一気に加速をした。残っている力が、足を腕をこれでもかと動かした。

「おお、いいじゃないか、設楽。九分四十八秒だ」

下山先生はゴールを切った僕に、ストップウォッチの画面を見せた。タイムを確かめると同時に、汗が吹き出した。三年生になって初めての九分台に、ただただほっとした。

それぞれ区間を走り終えて競技場まで戻ると、みんなゆったりと休憩をした。この地域に一つしかないこの競技場は、敷地内に公園もサブグラウンドもある大きなもので、至る所に芝生が植えられている。スポーツをするのにも休息を取るのにも、最適な場所だ。僕は芝の上で、一人でストレッチをした。久しぶりに出た九分台に、心も穏やかだった。

「おい、お前、そろそろ本気出せよ」

足の筋を伸ばしていると、大田が隣にどかっと座ってきた。

「え？」

大田がやってきたことにびっくりして、僕の声はうわずった。

「え？　って、もうあと十日だろ？　マジでやれよ」

「マジでって……？」

「マジで走れってこと。お前、もっともっと速かったじゃん」

そう言うと、大田は僕のスポーツ飲料を勝手に開けて飲んだ。

「もっとって言われても……」

今日はいい記録を出せたし、自分自身のベストに近い走りだった。

「お前こんなもんじゃねえだろ。俺、陸上わかんねえからタイムのことは知らねえけど、小学校二年からお前は俺の何倍も速かったはずだ」

「さ、さあ……」

僕は首をかしげた。小学校二年で走った記憶などない。そもそも僕が走って記録を出したのは六年の駅伝だけで、あとは細々とした小学生活を送っていた。

「さあとかとぼけんなよ。あのころ市野小で、俺といい勝負するのお前だけだったじゃん」

大田は話の通じない僕にいらついていたが、僕もちんぷんかんぷんだった。大田となんて勝負したことがない。小学生の時から僕は大田が怖かった。

「あーもう、本当、お前、記憶力ゼロだな。二年生の時の全校レクリエーションで鬼ごっこしたことあっただろ？」

的を射ない僕に、大田は座りなおし胡坐《あぐら》をかいた。

「まあ、なんか、そういうのはあったような気もする」

「そうそれ。その時俺、鬼だったんだ。俺は超最強の鬼で全員捕まえたのに、お前だけ捕まえられなかった。お前には全然追いつけなかったもんな」

僕たちの通っていた小学校は小さかったから、よく全校や学年で遊ぶレクリエーションというのがあった。もちろん僕にとってそれは楽しいものではなかった。ドッジボールをしようとかくれんぼうをしようと、僕には敵がたくさんいて、いつだって必死で逃げるしかなかった。

「俺が全速ダッシュで追いかけてるのに、お前どんどん引き離してさ。手が届かなかったんだよなあ。うん、お前の走りっぷりってすごかった」

大田は昔を懐かしむように言った。

「そ、それは本気で大田君が怖かったからだよ」

僕は見当違いに褒められるのが申し訳なくて、正直に告白した。その時の記憶はないけど、小学二年の僕にとって、追いかけてくる大田は本物の鬼以上に怖かったはずだ。

「怖い？」

「ああ、えっと、まあ、その、なんか怖いかな」

「怖いって、俺、お前に何もしたことねえじゃん」

大田は堂々と言いはなった。確かに僕は大田に何もされたことがない。だけど、それは相手にするのが恥ずかしいほど僕が弱いからだ。

「そうだけど……でも、それは……」

「でも、何だよ」

「何って……」

「はっきり言えよな」

大田の視線が僕のほうへ動く。大田の目はいつも尖《とが》っている。その鋭さに、僕は声が出なくなってしまう。

「本当、お前って俺とまともに話そうとしねえな」

「そ、そんな……」

「まあ、お前にとっちゃ俺なんか相手になんねえだろうし、どうせ俺はお前と勝負するような場にすらいねえのかもしれねえけど」

「いや……」

「でも、俺は小学二年の時からお前のことすげえライバルが現れたと思ってたんだぜ。俺、幼稚園から、鬼ごっこでもドッジでも負け知らずだったのに、追いつけないやつがいるなんてさ」

大田はそう言うと、また僕のスポーツ飲料を飲んだ。

大田の言っていることがわかるのには、ずいぶん時間がかかった。大田がそんなことを思っていたなんて、想像できるわけがなかった。今横にいる大田に、返したい言葉はいくつかあった。でも、僕の中のどの思いも言葉には変換できなかった。

「とにかく俺ごときに簡単に追いつかれそうなとこにいるなよな」

大田はそう言うと、よいしょと立ち上がった。桝井が集合だと言っている。

「うぜえ、早く帰らせろよ」

大田は怒鳴りながら、みんなのほうへ向かっていった。

8

1区は最初からハイペースで、競技場を出たあたりで、早くも何人かが集団を抜け出した。こんなに早く勝負をかけてくるなんて。一瞬焦《あせ》ったが、臆《おく》している暇はない。少しでもひるんだら、そこで負けてしまう。六位以内に絶対に入らなくてはいけないのだ。

競技場を出ると川沿いの道が続く。川のすぐそばにそびえる山の木々が、音を澄ましてくれる。静かに流れる川の音は、心地いい。大丈夫だ。僕は穏やかに響く川音に合わせるように足を進ませた。

優勝候補の加瀬南中学の選手が飛ばし、それに何人かがついていく。僕はトップを走る加瀬南中の背中だけを見た。あの背中に追いつこう。昔、大田が僕を追いかけたみたいにどこまでも追いかけよう。単調な道に気持ちを途切れさせないように、僕は先頭を追いかけた。

川沿いの道を抜け広い道に出ると、沿道にはたくさんの観客がいた。「ファイト」「がんばれ」という声がひっきりなしに聞こえてくる。市野中学の生徒や保護者もいて、僕に対する声援もあった。初めて駅伝を走った時、僕は心底驚いた。この僕が、みんなから励ましやねぎらいの言葉を送られているのだ。もし僕が駅伝を走っていなかったら、陸上部に入っていなかったら、誰かに応援されることなどなかったはずだ。がんばれという言葉が、僕にはよく響く。ありきたりの言葉がありがたいということを、僕はここにいる誰よりも知っている。桝井が僕をここに連れてきてくれた。いじめられっ子だった僕を、こんな場に導いてくれた。絶対に遅れるな。絶対に先頭から離れるな。僕はみんなの声をかみしめるように、さらに力をこめた。

２キロ地点を通過し、全体のスピードが上がった。先頭集団は四人。それを追う集団は僕を含め五人。やはり１区の選手は最後まで力が落ちない。僕以外は二年のころから１区や６区を走っていた選手ばかりだ。誰もが華々しくて際立《きわだ》った力がある。いや、引け目を感じることなんてない。僕は自分の腕に足に目をやった。小さいころから僕は、みんなより頭一つ大きかった。そのせいで、棒だの電柱だのとからかわれた。でも、陸上部に入って、この身体は僕の強みだと知った。棒のように長く大きな身体は、僕を前へと進ませてくれる。

残り５００メートル。みんながスパートをかけはじめ、僕もピッチを上げた。遅れるわけにはいかない。僕はずっと言われるがままに走ってきた。楽しいのかなんて感じる余裕もなく、義務のように走ってきた。だけど、今、僕を走らせているのは、義務感だけじゃない。「勝ちたくない？」駅伝練習が始まる前、桝井は僕に訊《き》いた。勝つ、負けるということは、よくわからない。でも、この襷を大田に繋《つな》ぎたいと、誰よりも早く大田に渡したいと思っている。後ろに迫ってくる足音を振り切るように、僕は更に加速した。

「設楽、ここまで！」

最後の角を曲がると、大田の野太い声が聞こえてきた。大田はずいぶん先から僕の走りを真《ま》っ直《す》ぐに見ている。まぶしいのだろうか、大田の目は細くしかめられている。すごみのある大田の視線と声に、プレッシャーは極度に達した。小学校駅伝の時とは比べ物にならない重いプレッシャーだ。けれど、あの時みたいにつらくはない。この重さが心地いい。僕は残っていた力の全《すべ》てをこめて、足を前へと進ませた。もう何も身体に残さなくていいのだ。全てを前に進ませる力に変えればいいのだ。僕は死に物ぐるいで走った。大田が怖いからじゃない。大田のライバルでいたいからだ。大田と同じ場に立てるやつでいたいからだ。

残り5メートル。僕は倒れこむように大田に手を伸ばした。

「お疲れ、設楽！」

大田は奪うように襷を受け取った。

「頼む」

そう言おうとしたけど、もう声を発する力すら残っていなかった。それでも大田は、

「任せとけ」

と、軽く右手を上げて僕に応《こた》えて、駆けていった。

2区

「おい、ラストだって！　ここまでここまで！」

俺は笑って手を伸ばした。万が一、設楽がびびっちゃいけない。そう、口元だけじゃなくて目から笑うんだったな。桝井のアドバイスどおりに目を細めてみる。これでちゃんと笑っているように見えるだろう。

「任せとけ」

設楽から受け取った襷は、強く握っていたせいで汗でべったりしている。1区の中で六位に入るなんて結果相当上等。でも、この後、3区のジローはギリギリ十分台に乗せてこれるくらいだから、ここで四位か五位には上げておきたい。今日は俺の最大限やったらできるってやつを見せてやる。俺は襷を肩にかけてしっかり結ぶと、最初からスパートをかけた。

1

「やってもできない」それが表に出てしまうことを、俺はずっと避けてきた。できそうにない問題にぶつかると、できないと証明される前に投げ出した。そのうち投げ出すことに慣れてきて、ちょっとしたハードルでも俺は手を出そうとしなくなった。そして、その分、できないことも増えていった。

最初の難関は分数だった。通分だの割り算の時にはひっくり返すだの、ルールがごちゃごちゃでわけがわからない。そもそも1に満たない数があることが理解できなかった。だからやるのをやめた。馬鹿《ばか》だと思われる前に、算数から手を引いた。その調子で、理科を投げ出し、国語を投げ出し、そのうち俺は勉強自体に手を付けなくなった。やってもできないんじゃなくて、勉強なんてやってられるかというのを気取るために、授業中はマンガを読むか、ひたすら居眠りをした。「本当は大田、賢いのに」俺の策略にはまった教師どもはそんなたわけたことを言っていたけど、とんでもない。時々、ちらりと授業の内容に耳を澄ましたりもしたけど、投げ出して半年後にはどの教科もちんぷんかんぷんになっていた。

だけど、そのころの俺はまだ運動はできた。体育の授業や放課後の運動クラブでは活躍していたし、六年では小学校駅伝のメンバーにも選ばれた。

駅伝練習はだるいけど、楽しかった。なんでも投げ出す乱暴者の俺は、みんなから避けられるようになっていたけど、駅伝メンバーは俺を避けなかった。それに、担任の教師から見放されつつある俺とも、駅伝担当の平井は親身に関わってくれた。

ところが、大会まで一ヶ月を切った時だ。平井の言うとおり、タバコもやめて筋トレも地道にしていた俺の身体《からだ》は、順調に仕上がっていた。それなのに、朝アパートの二階から駆け下りる時、階段を踏み外して右足首を捻挫《ねんざ》してしまったのだ。

捻挫くらいなら走れると甘く考えていた。しかし、まっすぐに立つことすら痛かった。その日の放課後の駅伝練習で、アップのジョグをしようと足を踏み出した時には、限界だった。平井が「どうしたんだ?」と、声をかける前に、「やっぱ、こういうのくだらねえ」と、俺は走るのをやめた。

「故障は恥だ」と平井はよく言っていた。俺もその考えは正しいと思う。病気だ怪我《けが》だと自分の管理能力の緩さを棚に上げて、ぎゃあぎゃあ言いながら物事をやるのは格好悪い。周りに気を遣わせて同情を誘うなんてやってられない。逃げ出すのは平気なくせに、俺はそういう恥をさらすことができなかった。最後の砦《とりで》の運動さえ放り出した俺は、中学に入学する時には何もやろうとしなくなっていた。

中学校の教師も、「お前は本当はやればできるんだから」と馬鹿の一つ覚えみたいに言った。だけど、残念ながらそれは違う。俺はやったってできない。だいたいやればできるやつは、ちゃんとやっている。何にも力を注がない時間がこれだけ積み重なった俺にできることなど、一つもなくなっていた。

三年になってから俺はもっぱらテニスコートで昼を過ごしている。ぼろいけどベンチがあってベッド代わりにできるし、何より静かでいい。真後ろにそびえる山が新鮮な空気を作ってくれるから、タバコを吸うのにも最適だ。前までは体育館裏が居場所だったけど、昼休みの教師の見回りポイントになってしまった。テニスコートは校舎から離れていて、グラウンドを横切らないとたどり着けない。だから、五時間目をサボる気満々の俺くらいしかここまでは来ない。そう、一週間前までは。

「おお、ちーす」

また出た。このところ桝井が毎日やってくる。

「あんだよ」

「あんだよとか言いつつ、待ってただろう？　不良は実は寂しがりやだからね。俺が来るのわかってて、ちゃんとテニスコートにいるんだもんな」

「もともと俺がいるところに、お前が来てるだけだろ」

「なるほど。それも一理ある」

桝井はコートの上に腰を下ろした。

「で、大田、どう？　走る気になった？」

「なるわけねえだろ」

「嘘《うそ》だろう。駅伝に参加できるっていうお得な話に乗らないなんてどうかしてる」

桝井は大げさに驚いた。

「っていうか、駅伝がお得とか、お前のほうがおかしいんじゃね？」

「残念ながら俺、内科検診にも歯科検診にも耳鼻科検診にもひっかからなかったけどね」

桝井は適当なことを言うと、にこりと笑った。本当はにやりと笑っているはずだけど、そう見えない。そんな妙なさわやかさをふりかざして、桝井はずかずかと近づいてくる。油断のならないやつだ。

「歯とか耳とかじゃねえよ、お前がおかしいのは頭だ」

「そうか？　まあ、確かに中間テストの理科は三十五点だったけどな」

桝井は肩をすくめた。俺なんか記号がたまたま当たって六点取っただけだ。だけど、そんなことはおいて、俺はクールに意見してやった。

「それってやばいんじゃねえ？　だいたいさ、お前、受験生だろ。俺と違ってちゃんとした三年じゃん。走ることに必死になってる場合じゃねえだろう」

「受験生だろって、今まだ六月だぜ？　大田、教室にあんまりいないから中学三年事情にうといんじゃない？」

　俺の真っ当な意見を、桝井はケラケラ笑った。

「どういうことだ？」

「今から受験だとか思ってるやつなんていないって。教師は受験受験って言うけど、そんなのただの脅しってみんなわかってるし。焦らなくたって、世の中少子化なんだよ。それなりにやれば高校くらい受かるじゃん」

「そ、そうなのか」

　俺は意外な情報に驚いた。

「そうだよ。去年だって大八木とか宮瀬とかヤンキー連中だって、みんな高校受かってただろ？　ま、みんなもう中退してるけどな」

　確かにそうだ。毎年、学年に何人か俺並みにとんでもないやつがいるけど、結局みんな高校には受かっている。

「夏までは部活の最後の大会にみんな燃えてるし、秋になれば最後の体育祭に燃えるし。受験勉強なんて、ひととおり行事が片付いた正月くらいからするやつがほとんどだよ」

「でもよ、みんなまじめに勉強してんじゃん」

平然と言ってみたけど、俺は内心初めて知る事実におろおろしていた。今まで一緒に悪いことをやっていたやつらが少しずつ俺と距離をとり始めたのを、受験のせいだと思っていた。でも、桝井の言うとおりだとすると、理由は他にあるということになる。

「そりゃ多少は受験ってのもあるけど、まじめに見えるのは、中学生活最後だからだよ。ほら、女子が妙な空気流してるじゃん。最後だからみんなでまとまろうみたいなの。女はそういうの好きだからなあ」

桝井はやれやれという顔をした。

「まあ、そっか、そうだな」

「大田自身が中学三年生なんだぜ？　それなのに、大田のイメージってテレビや漫画の中の中三なんだもん。もうちょいちゃんと教室行って、もうちょいみんなとつるんで、ついでに駅伝走って、自分の今いるとこをちゃんと見なきゃ。大田、みんなと離れて一匹チーター気取ってる間に、アンテナが鈍ってるぜ」

「あんだよ、意味不明なこと言うな。だいたい俺、チーターなんか気取ってねえし、っていうか、一匹狼《おおかみ》だろ」

「ああ、狼ね。じゃ、チャイム鳴るし。おれ、受験生だから教室行くわ」

　桝井はそう茶化して走って行った。

　桝井がいなくなると、テニスコートはしんとなった。遠くのほうでチャイムが聞こえて、もっと遠くのほうで教室へと急ぐやつらの気配が聞こえる。

　あと、二時間。授業が終わるまでここで時間をつぶす。みんなが数学やら英語やらをやっている中、ここで寝てればいい。誰にも邪魔されず自分だけの時間を過ごせる。それは最高だけど、こんなところで二時間過ごすのはさすがに長い。今週はもう三日も学校に来た。朝から一日休めばよかったかな。俺は立ち上がってグラウンド越しに見える校舎を眺めた。市野中学校は生徒も少ないから、三階建ての校舎が二つあるだけでこぢんまりしている。俺のクラスは社会の授業だ。今頃小野田が張り切ってしゃべっているのだろう。

　二年生から俺の担任になった小野田は、まだ若い男の教師だ。熱血を振りかざし、二年のころは俺が授業をふけることを認めず、抜け出しても捜し出しては教室に引きずりこんだ。黒彩を振って俺の頭を黒くしたり、タバコの害をくどくど語ったりもした。合唱祭の時には学級委員と一緒に無理やり俺をひっぱって歌わせたし、修学旅行の時は勝手に俺を実行委員にしたてあげ連れて行った。朝、俺を起こしに家まで乗りこんで来ることもあったし、俺の母親と共謀して二度と暴力はふるいませんと誓わせたこともあった。あの手この手を使う扱いにくいやつだ。そう思っていたけど、小野田のほうが俺より先に根負けした。

何度言っても聞かない俺に、次第に小野田は黒彩を振ることもなくなって、遅刻ぐらいは認めてくれるようになった。三年生になってからは、「昼からは誰だってだるいもんな。せめて午前中だけでも授業に出よっか」と理解満点の大盤振る舞いをしてくれるようにもなった。

「そのうち人殺さなきゃOKって言われるだろうな」

いつだか桝井はそう笑っていたけど、案外笑い事じゃない。一時間目から授業に参加するだけで褒められる俺。みんなが毎日必死でやってた合唱祭の練習に、たまに顔出すだけで拍手してもらえた俺。タバコくらいなら「しかたないな」と言われ、授業を抜け出しても「まあまあ」と流されてしまう。本当に罪さえ犯さなきゃ、なんでも許されてしまいそうだ。

「お前に課せられるハードルの高さ、もうちょい戻したほうがいいんじゃない？」

そんなこと桝井に言われなくてもわかってる。ただ戻す方法がないだけだ。俺は大きな伸びをしながら、空を見上げた。最近の空はずっと灰色。梅雨が着々とやってきていた。

2

「そろそろ一人で昼食べんのも飽きただろう？」

桝井がいつもどおりテニスコートにやってきた。

「なんでお前がここで食うんだよ」

俺はコンビニ袋からパンを取り出す桝井に言った。昼休みはどう過ごしても自由だけど、昼食は自分の教室で食べると決まっている。もちろんそんなルール、俺は一年の時から破っていたけど。

「いいじゃん。どうせ大田一派は誰も教室で食べてないし」

「あっそう」

前まで俺は、体育館裏や屋上で俺の周りを囲んでるやつら五、六人と昼飯を食べていた。俺の後ろをへいこらと付いてきていたやつらは、俺抜きで十分楽しんでるってことか。

「大田がテニスコートにいるの、みんな知ってるのにね」

桝井はいちいち俺の心をかき乱すようなことを言う。

「だりぃやつらがいなくなって、こっちはせいせいしてっけど」

俺は昼食代わりのカロリーメイトを口に詰めこむと、吐き捨てるように言った。

「うちの学校の不良なんて、ほとんどがなんちゃってだから、みんな大田についていけなくなったんだろうな。バイク盗んだり完全に学校ふけるのは痛いだろうし、女子にはもてたいやつらばっかりだしね」

桝井は三個目のパンをくわえた。しゃべりながらよく食うやつだ。

「というわけで、大田。走ろうぜ」

「というわけって、どういうわけだよ」

「明日、明後日《あさって》には梅雨だぜ。ここで毎日のらりくらりと同じ話を繰りかえしてるわけにもいかないだろ」

桝井はパンを食べ終えると、さっさと立ち上がった。

「のらりくらりって、お前が勝手に話してるだけだろうが」

「そうだな。でも、最後ぐらい一緒にやるのも悪くないだろう？　走ろうよ」

「走らねえって言ってるだろう」

「大田速いのに？　小学生の時のリベンジにやろうぜ」

「うざいって」

「大田、怖いんだろう。おれに負けんの」

桝井はベンチに座る俺を見下ろした。俺をあおって駅伝に参加させようって手だ。そんな姑息《こそく》な手段に乗るわけない。俺は何も言わずに、やってられないという顔をして見せた。

「大田、やればできるんだけど、やんないんだよね」

桝井は俺が無視するのにかまわず、突っこんできた。

「どうせやったって、おれには勝てないからな。それを証明されるのが怖いから最初からやらないんだよな」

「好きに言っとけよ」

「うん。言うよ。いつだって、大田はやればできるけど本気でやるのダサいしって見え見えの芝居してるんだよな。実は本当に何もできないくせに」

桝井の言葉に、さすがに頭に血が上り始めた。だめだ。むきになっては桝井の思うつぼだ。桝井は「だったらやってやろう」と俺に言わせようとしているのだ。こんな口車に乗るな。乗って、本気でやって、負けることになるんだ。

「いいんじゃね？　勝手にお前がそう思ってれば」

「そうだね。でも、俺だけじゃなく、市野中学の全員そう思ってるけどね」

「は？　そろそろマジでお前、殺すぜ」

「嫌だな。田舎の不良はすぐ人を殺したがる」

桝井はへらへら笑った。その姿に一瞬でてっぺんまで血が上った俺は、桝井の胸倉を摑《つか》んでいた。

「ざけんな」

「勝てるよ」

桝井は胸倉を摑まれているのに、さらりとした顔で言った。

「は？」

「大田、勝てるよ。おれに」

「何だよ、それ？」

「だから、本気で走ったら、おれぐらいには余裕で勝てる」

「嘘つけ」

わけのわからない桝井の言葉に、俺はこんがらがって胸倉を離すと頭をかきむしった。

「おれ、不調なんだ。だからすぐに勝てる」

　桝井は俺につかまれて乱れたシャツを直しながら言った。

「何だよ、スポーツやってりゃ不調や故障なんかよくあることだろ」

「まあな。でも、本当最悪なんだよ。おれさ、小学校のころからずっと駅伝にかけて、走ってきたんだ。中学校入っても満田の恐ろしい練習もこなしてさ。自分で言うのもなんだけど、人一倍努力した」

「それが何だよ」

　突然打ち明け話が始まって、手持ち無沙汰《ぶさた》になった俺はまた頭をかいた。

「それが三年になって最後の駅伝って時にだぜ。全てをかけて走るつもりでいたのに、満田は転勤でわけわからないやつが顧問になってさ。ほんと、部活はボロボロなんだ。ついでに、おれの身体は思うように走ってくれないし。このままだと、今年の駅伝、学校創立以来最悪の結果になるな。自分が部長の時にそうなるのって耐えられないよ。最下位は確実。ま、メンバーすら集まらず棄権かもな」

　桝井は大きなため息をついた。

「だったら、一年の陸上部員でも出せばいいだろ」

「おれ、勝ちたいんだ。とりあえず出ればいいんじゃない。参加することに意義があるんじゃない。ずっと県大会に進出している伝統も壊したくない。だから、うちの学校で長距離走れるやつで出たい。大田、頼むよ」

桝井はそう言うと、地面に座りこんだ。

「なんだよ、なんなんだよ」

「大田が走ってくれるなら、なんだってする。土下座してもいいし、金払えって言うんなら親の財布から抜いてくる。な、どうすりゃいい？　どうすれば走ってくれる？」

土下座なんかしなくても、桝井の言いたいことぐらい理解できる。中学生事情に疎《うと》い俺だって、桝井がひたむきに走っていることぐらいわかっている。それに、桝井のことは小学生の時から知っている。桝井は厄介なことでもすべきだと思えば平気でやってしまうやつだ。走るのがいいと思えば、はみだしっぱなしのこんな俺にでも声をかけてくる。桝井みたいな変わったやつは、そうそういないだろう。これが何かをやる最後の機会になるのかもしれない。駅伝は嫌いじゃないし、小学生の時みたいに走ってみたいという気持ちが心の奥底にはある。でも、素直に乗れない。馬鹿でくだらなくて惨《みじ》めなプライドが俺を邪魔するのだ。

「なんでも言うこと聞くんだな」

　俺は意地悪く桝井を見た。

「おう、聞く聞く」

　桝井は俺を見上げた。

「そうだな。じゃあ、ボコってこいよ」

　普通の中学生は、実際には暴力をふるえない。無理難題をふっかけたつもりなのに、桝井はすんなり首を縦に振った。

「OK。で、誰を？」

「ああ、そ、そうだな……」

　あっさり了解されたものの、俺には殴りたいほど憎いやつはいなかった。

「そうだ、お前、うっとうしいんだろう？　その陸上部のわけのわからない顧問ってやつ。そいつをボコれよ。そしたら、お前もすっきりするだろう」

「おう、了解！　女に暴力ふるうのはよくないけど、上原になら余裕で勝てるしな。じゃあ、早速行ってくる」

　桝井はひょいと立ち上がった。

　ちょっと待った。顧問って女？　しかも、上原って、あの弱々しそうな美術教師が陸上部顧問？　俺は市野中学の基本情報からも離れてしまっていた。女や年寄りには暴力を振るっちゃいけない。止めなければ。桝井に最低のことをさせてはいけない。

「おい、ちょっと待てよ！」

すでに駆け出している桝井を、俺は追いかけた。だけど、やっぱり桝井は速い。どんどんその背中は遠くなる。それに比べて俺ときたら、不摂生だしタバコを吸ってるし、すぐに息が切れる。

桝井は軽やかにグラウンドを走り抜けると、北校舎に入った。美術室は三階だ。俺も必死で追いかけた。もう桝井の姿は見えない。急がなくては。走った後に階段を上るのはきついけど、全速力で駆け上がった。足をもつれさせながらなんとか美術室に突っこむと、桝井がパチパチと拍手をするのが聞こえた。

「テニスコートから美術室まで500メートル。途中階段もあるから、600に相当すると考えて、二分三十秒くらいかな？　アップなしで走ったにしたら、上出来だ」

「どういうことだよ」

アップなしで走らされたらしい俺は、美術室の隅にへたりこんだ。

「いったい何？」

五時間目の準備をしていたらしく、教材を机に並べていた上原は、突然の桝井と俺の登場にきょとんとした。

「大田が先生をボコボコにしろって、いいですか？　先生」

「んなことしなくていい！」

桝井が正直に言うのを、俺は一喝した。

「じゃあ、大田が駅伝するって、いいでしょう。先生」

「はあ……」

上原は首をかしげた。

「はあって、先生、大田が駅伝メンバーに入ってくれるんですよ。これで駅伝に出られますよ！」

桝井が俺の意見など無視して嬉《うれ》しそうに報告するのに、「えー」と上原は顔をしかめた。

「えーって先生、喜ぶとこですよ」

そうだそうだ。俺も心の中で言った。やるやらないはおいておいて、陸上部顧問ならここは大喜びする場面だろう。

「だって、大田君どうせすぐ辞めるって言いそうだし、練習だって来ないだろうし、何よりこんな金髪じゃ大会なんか出られないでしょう」

上原は俺がそばにいるのに、ひどいことをあれこれ並べた。

「金髪なんか黒彩で染めればいいんですよ」

桝井に言われて俺を眺めた上原は、また顔をしかめた。

「うわ、眉毛《まゆげ》もないじゃん。だめだよ。絶対言うこと聞かなそうだし、記録会とか行ったら、他の学校の先生に注意されるしなあ」

「なんだ、この教師」

俺は思わずそうつぶやいた。美術は週に一時間、それも午後しかない。ほとんどふけていた俺は、上原がこんなふざけたやつだとは知らなかった。

「上原先生はまだ陸上に対する情熱が欠けてるんだよ」

桝井は説明した。

「そんなことはないよって、あ、タバコ！　タバコくさい。大田君、昼にタバコ吸ってたでしょう」

「ああ、まあ」

目の前で吸っていない限り、みんな俺のタバコについては今更ぐだぐだ言わない。そこはもう暗黙の了解なのだ。

「校則違反でしょう。いや、法律違反だ。大田君まだ十五歳でしょう？」

「先生、大田は二月生まれだからまだ十四歳です」

桝井はすかさず突っこむと、「上原先生は陸上だけでなくいろんなことに無知なんだ」と笑った。

上原は「タバコ吸ったら肺がんになる」とか、「これは担任の先生に言わなきゃ」とかやいやい言っていた。俺にそんなこと言っても無駄だろう。俺はため息をつきながらも、タバコごときで大騒ぎされていた、まだ悪いことをするたびにドキドキしていたころの自分を思い出していた。


「五時間目、おれは数学で、大田のクラスは英語だったかな」

チャイムが鳴って美術室を追い出された俺たちは、廊下を急いだ。

「俺は出ねえけど、お前は急がなきゃ、探されんぞ」

「そうだな」

桝井は少し足を速めてから、俺の顔を覗《のぞ》きこんだ。

「な、おれのこと、助けたくなっただろう？」

「は？」

「あんな先生が顧問だよ」

「確かにな」

「走ろうぜ。必要とされるのも悪くないだろう？」

桝井はいつもどおりにこりと笑った。

桝井と上原の妙なやり取りを見たせいか、俺の気持ちはやわらかくなっていた。俺なんかが必要とされるのは、これが最後かもしれない。こんな俺を立て直そうと誰かがてこを入れてくれるのも、これで終わりかもしれない。

「じゃあ、練習、待ってるぜ」

桝井はそう言うと、教室へと走っていった。

3

バレー部の夏季大会が迫ってきて、「大田だって最後の大会ぐらい出るべきだ」と小野田は放課後になると俺の周りをうろつくようになった。修学旅行の前と同じだ。

「大田、少しだけでも練習覗いていかないか」

「やだね」

空っぽのかばんを肩から提げて下駄《げた》箱へ向かう俺の後ろを、小野田はずっとついてきた。

「最後なんだから、できることだけでもすればいい」

「面倒だって」

「そう言うなって。いい思い出になるぞ」

「思い出とかうざいから」

「大田、バレーは好きだろう？」

「さあな」

俺がバスケ部からバレー部に転部したのは、二年の五月だ。転部直後はがんばろうともしたけど、一ヶ月と持たなかった。一年間真剣にやってきたやつらとの差を見せ付けられ、気力も根性もない俺はいつものように投げ出すしかなかった。

「さあなって、勉強はおいておいても、何か一つくらいやれよ」

「大会出るのに髪黒くしなきゃいけねえし、だるいって」

「髪の毛にこだわってる時じゃないだろう。みんなも待ってる」

「嘘つけ」

小野田は顧問じゃないけど、バレー部の雰囲気くらいわかっているはずだ。俺の居場所なんかあるわけないし、チームプレーの競技に今更入っていくのが迷惑なことくらい俺にだってわかる。

「寂しくないか」

小野田は哀れむように言った。

「何がだよ」

「何もせずにこんなふうに中学生活が終わっていくのがだ」

「別に。どうでもいいけど、俺帰るしもう行けって。お前こそ顧問なんだから、さっさとテニス部の練習に行けよ。みんな待ってるだろ」

俺が追い払うのに、「明日こそ行こうな」と言いながら、小野田はコートに走っていった。

中学生活なんてどんどん終わってくれて結構だ。寂しくもなければ悲しくもない。ただ、加速する夏前の中学校の空気は、桝井いわくアンテナ故障中の俺にもガンガン流れてきた。

「何かせずにいられなくなるだろ」

それだけは桝井の言うとおりかもしれない。増していく暑さに、俺でも身体が浮きたってしまいそうになる。

桝井は美術室までダッシュした日から、俺にいちいちその日の練習メニューやみんなの様子を報告しに来た。バレー部の連中は誰も俺を待ってはいない。でも、駅伝の連中、少なくとも桝井は俺を待っている。俺だって、美術室まで走った翌日から、密《ひそ》かに体操服をロッカーに入れっぱなしにしている。それに……。俺は乱暴に下駄箱に突っこんだスニーカーに目をやった。俺は小学校の時から靴だけはいいものを履いていた。

俺が小学校駅伝の練習に参加したのがよっぽど嬉しかったのだろう。それ以来母親が買ってくる靴は、ランニング用のスニーカーばかりだ。今履いているのは、ナイキのズームマテゥンボ。一万円以上するそのスニーカーを無駄に通学に使っている。走らなきゃこの靴の軽さは意味を発揮しないのに。

ズームマテゥンボを履き下足室を出た俺は、晴れ上がった空に目を細めた。太陽はきりっとした日差しを注いでいる。梅雨はとっくに明けている。今日当たり、ズームマテゥンボの威力を試してみるのもいいかもしれない。

日が傾き始めたころ、グラウンドに駅伝練習のメンバーたちが集まり出した。こっそりその様子を体育館裏から眺めている自分の軟弱さに嫌になるけど、みんなより早く行って、張り切っていると思われるのも格好悪い。全員が円になるのを確認してから、俺はグラウンドの真ん中へと向かった。

俺に気づいた桝井がみんなに何か声をかけている。そうだ。桝井にうるさく言われたから行くのだ。面倒だけど行ってやらないといけない。誰に聞かせるわけでもない言い訳を心の中で何度もつぶやきながら、俺はのろのろと足を進めた。夕日に目をしかめていても、みんなの視線は痛いほど感じた。ガムを噛《か》んでも噛んでも喉はからからだ。教師に引っ張られずに、自分の力でまともな集団に入っていくのはこんなにも緊張するものなのか。俺は足がすくみそうになった。

「よ、待ってたんだぜ」

そばまで行くと、桝井が走りよってきて俺の腕を強引に引っ張った。

「やっと来てくれたんだな！　みんなどれだけ待ってたか」

桝井の声にほっと気が緩んだけど、みんなが見ている。俺は乱暴に桝井の手を振り払った。

「あっそう。で？」

せめて一年や二年のやつらには、「しかたなく参加してやっている」という空気を伝えておかなくてはいけない。

「とにかく来てくれてありがとう」

「いや、まあ」

あまりにも素直に桝井に礼を言われ調子を狂わせていると、一年二年のやつらも頭を下げてきた。こんな俺に礼を言わなきゃいけないなんて、駅伝チームは相当追いこまれてるのだ。

「設楽もいたんだな」

設楽は俺を遠巻きに見ていた。小学校低学年のころから、俺よりもずっと足の速いやつ。またこいつと何かする日が来るとは。俺は心の隅がわくわくしそうになるのを感じた。ところが、設楽は「ああ、うん」とあいまいな返事をするだけだった。何でもまじめに打ち込む設楽は、俺なんか認めてないのかもしれない。

しっくりこない空気になじめなかったのは最初だけで、いざアップが始まると、走ることに夢中で他のことは気にならなくなった。上原が初日だからと俺だけ練習メニューをゆるやかにしようとしたことに腹が立って、がむしゃらに走っているうちに、頭は半分真っ白になっていた。

４００メートルのインターバルを十本。みんなと同じメニューをやり終えた時にはふらふらで、俺はそのままグラウンドの真ん中に倒れこんでいた。汗が噴き出し、身体は笑えるくらいにバテている。でも、心地いい。単純に４００メートルを繰り返し走ることが、こんなに愉快なことだったなんて忘れていた。

「ダウンしておかないと、余計にしんどいよ」

上原の声が聞こえたけど、もう立ち上がれそうになかった。

何年か前の俺は、こんなふうに走っていたこともあったんだ。寝転がって見上げる夏前の空は、きれいだった。

4

夏休みはいい。俺が暑さに強いってのもあるけど、何より周りのやつらが一生懸命になっていた部活の大会が終わったのがいい。三年生は文化部以外は引退。これで、俺だけが参加していないものが一つ減ったのだ。

夏休みになると同時に、駅伝チームも賑《にぎ》やかになった。吹奏楽部の渡部やバスケ部だったジローも参加するようになったのだ。変わり者の渡部が駅伝をやるなんて妙だけど、ジローは何でもほいほいやるやつだから、駅伝もその調子で参加することになったのだろう。

「陸上部以外では大田が一番初めに来てくれたんだよな」メンバーが増えるたびに、桝井がそう言うのが少々こそばゆかった。

そんな夏休みの真ん中。試走に行くことになり、俺は頭を黒くした。校外に出る時には、さすがに俺も黒彩で髪を染める。

「おお、誰かと思った！　若干嘘臭いけど似合ってるよ」

試走に向かうマイクロバスに乗りこむと、早速桝井が笑った。

ジローも「いいじゃん、いいじゃん。速く走れそう」と褒めてくれたが、

「案外、すぐに自分を変えられるんだな」

と、渡部はいやみなことを言って、バス内の空気を沈ませた。

「私が染めてって、言ったんだよ」

上原は一番前の席から黒彩をシャカシャカ振って見せた。

昨日の練習後、「明日、髪の毛黒くしてきてね」と上原に黒彩を渡された。小野田から譲られたという黒彩は十本はあった。

「いちいちうぜえやつだな。俺の髪が何色だろうとお前に関係ねえだろ」

俺が嚙み付くと、渡部は、

「そうだよ。興味ない。ただ意見を言ったまで」

と適当に流しやがった。癇《かん》に障《さわ》るやつだ。

「あんだと」

「まあまあ、怒るとバスに酔うしさ、ゆっくり行こうぜ」

もう少しでキレるところだったのを、桝井にたしなめられた。

そうだ。走る前にあんまり桝井に気を遣わせちゃいけない。桝井だって走るのだ。俺はいらいらを抑えるため、席に座ると外の景色を見つめた。

競技場まで二十分。山に囲まれた田んぼや果樹園ばかりの俺たちの町を行きすぎ、大きな峠を一つ越え、長いトンネルを抜けて、競技場に着く。この辺りでは一番栄えている場所だ。といっても、国道沿いに大きなスーパーと総合病院、ファミリーレストランが何軒か並んでいるだけで、少し奥に入れば山に川に田んぼが広がっている。この辺のやつらは俺を含め、不良だワルだと息巻いたところで、スーパー内のゲームセンターでうろつくのが精いっぱいだ。中学を出て、少しずつ大きくなっていくうちに、この町の中だけでは暮らせなくなっていく。この地域は高校も少ないから、中学卒業と同時に家から離れて都会へと出るやつも多い。俺も都会に憧《あこが》れてはいる。でも、山に覆《おお》われない場所に出るのは、まだ怖くもあった。

「さ、着いたぜ」

桝井の声にバスから降りると、テニスコートや体育館など競技場を囲むさまざまな建物が見えた。それだけで、外へ出てきたと感じてしまう。今の俺には、まだこれぐらいの規模がちょうどいいのかもしれない。

初めての試走ということで、みんなで全部の区間のコースをチェックして、最後に全員で1区を走ることになった。

夏休みの練習はただ学校周りを走る野外走ばかりだったから、久々に競うということに俺は興奮した。設楽と走れるのだ。速さで言うと設楽より桝井のほうが上だけど、俺のライバルは設楽だった。

小学二年生の時、レクリエーションで鬼ごっこをしたことがあった。まだ純粋だった二年生の俺は、鬼としてはりきってみんなを追いかけた。俺の運動神経は抜群で、ほいほいみんなを捕まえることができた。しかし、設楽だけは違った。俺がどれだけ追いこんでも手を伸ばしても、タッチすることさえできなかった。圧倒的な速さで俺の前を走っていた設楽。なんでもあっさり忘れてしまう俺の記憶力なのに、その時の様子はくっきりと覚えていた。

中学生となった今、その背中にどれだけ近づけるだろうか。そう思うと心が躍った。

1区のスタート地点にみんなで並ぶ。桝井が一年生にアドバイスをしている横で、設楽は黙って前を見て立っていた。桝井と同じように三年間陸上部にいるのに、設楽はいつも周りに何も言わず自分の中に入りこんでいる。

「自信、あんのか?」と俺が聞いても、「いや、まあ」と、答えるだけだった。

そんな俺たちの横でジローは、「俺、試走って初めてなんだけど、どう走ったらいい?」

と上原に訊《き》いていた。

「うーん、そうだな、グラウンドで走るのと同じように走ればいいよ」

「そっか」

「あ、でも、車に気をつけてね」

「うん。わかった」

何の為《ため》にもならない上原のアドバイスを、ジローはまじめに聞いている。日に焼けた顔に、時折白い歯が覗く。すぐに歯が見えるせいかたれ目のせいか、真顔でもジローは笑っているように見えて、それが周りの緊張までほどいている。「笑顔のほうが怖い」そう言われる俺とは大違いだ。

「救いを求める相手を間違ってるな」

ジローを眺めている俺の隣で、渡部がぼそりと言った。

「お前ってさ、いちいち面倒くせえな。いいじゃん、誰に聞こうがよ」

上原に聞いたってどうしようもないことは俺でもわかる。でも、ジローの能天気な素直さはうらやましかった。

「そうだな。ちゃんと走ってくれさえしたらいいんだもんな」

渡部はそう言うと、スタートに備え軽く太ももを叩《たた》いた。エリートぶってすかしやがって、いけすかないやつだ。俺は真横でわざとらしく大きくため息をついてやった。

「じゃあ、私、ゴール地点で待ってるから。……よーい、どん！」

上原のスタートの声で、桝井がすぐに飛び出した。みんなもそれに続く。しかし、みんなで固まって走っていたのは出だしの50メートルくらいで、すぐに桝井、設楽、俊介、俺の四人と、それ以外のやつらとの間に差ができた。俺だって何とかついていっているだけで、少し気を抜いたら三人から離れてしまうだろう。でも、ここで遅れたくはない。俺は残りの距離など気にせずに、何度もスパートをかけてついていった。けれど、スパートを繰りかえすことで食いついていけたのは最初だけで、１キロを越えるころには、三人ともずいぶん前に消えていた。きちんと陸上をやっているやつらと差がつくのは当然だ。まじめにやってきたやつらは、俺とはちがう。そう思っていたら、残り８００メートルになって猛烈に加速した俺の前に、設楽と俊介の姿が見えてきた。追いつけそうだとがむしゃらに走ると、二人の背中はさらに近づいた。どういうことだ。俊介はいいとして、設楽がこの程度なわけはない。どうしてこんな近くにいるのだ。いや、設楽は最後に思いっきりスパートをかけるつもりで、今は様子を見て走っているのだろう。よし、負けずについていってやる。俺は思わず身体に力が入った。しかし、一向に設楽のスピードは上がらなかった。ゴールが近づいても、加速する気配がない。ゴール地点から、「あと少し！　最後！」という桝井の叫び声が聞こえて、エンジンがかかったのは俺のほうだ。設楽との距離は最後になるほど縮まった。手を伸ばせば、設楽の背中に届きそうな位置で俊介とほぼ同時に俺はゴールした。


「おお、すごいじゃん！　大田、初回なのに、やっぱりやってくれるって感じだね」

息を切らす俺に、桝井はタオルを渡してくれた。

「ああ、まあな」

「これからまだまだ上げれそうじゃん」

桝井に嬉しそうに言われると、俺もまんざらではなかった。

「調子悪かったのか？」

俺は、汗も拭《ふ》かずぼんやり立って次に走ってくるやつらを眺めている設楽に声をかけた。まさかあれが設楽の本調子なわけがない。あれがベストなら、ちょっとがんばれば俺は追いついてしまう。

「いや、まあ」

「まだ余力ありそうだったな」

「そ、そうなのかな？」

設楽は身体《からだ》をかがめたまま首をかしげた。走っている時は大きいくせに、普段の設楽は猫背がひどくて俺と背が変わらなく見える。

「まだまだ最後追い上げれそうだったんじゃねえ？」

「そっか、やっぱりそうなのか」

「スパートもあんまりかかってなかったし」

「ああ」

「まあ、力残ってそうだなって、俺が勝手に思っただけだけどな」

「そ、そうだよな……」

「俺、駅伝とかよくわかんねえけど」

俺の言葉なんかまともに受け取らなくてもいいのに、設楽に深刻にうなずかれるのがむずがゆくて、俺は頭をかきむしった。手には汗でとれかけた黒彩がべたりと付いた。

5

二学期に入り、駅伝練習は本格的になってきた。上原以外の教師も時々見に来るようになり、中でも小野田は毎回やってきた。

「他のことも真剣にやれってか？」

俺はストレッチをしながら、小野田に向かって言った。小野田はいつも俺のそばをうろうろしている。

「いいよ、一つでもあればさ。それに他の事だってずいぶんがんばってるじゃないか」

「ずいぶんな」

小野田のゆるさに、俺はあきれた声が出た。

俺が一学期と変わったところと言えば、上原に悪い気がして美術の授業に出るようになったことと、体力をつけたいから体育の授業に出るようになったことだけだ。相変わらず他の授業はしょっちゅうふけていたし、夜もふらついていた。

「でも、大田、禁煙してるだろう？　感心する」

出た。低くて甘いハードル。中学生が禁煙してどうして感心されなきゃいけないんだ。

「禁煙じゃねえ、やめたんだ」

タバコは身体に悪い。走ってみると、それがよくわかる。それに、タバコをやめることは、俺にはたやすいことだった。代わりにアメでも口に放りこんでおけば十分。最初から俺はタバコが好きなわけでもなかったのだ。

「ダウン行くぜ」

桝井の声に、それぞれストレッチしてたやつらが集まる。夏とは違うぎらつきを抑えた太陽は、もう傾いている。俺もゆっくりと立ち上がった。

駅伝大会まで半月ほどとなった九月最終週、俺にとって四回目の記録会が行われた。俺は記録会に行くのは好きだった。髪を黒くするのは面倒だけど、誰かと競うのは好きだし、他校のやんちゃなやつらも何人か来ていて、そいつらと会えるのも楽しかった。

今回の記録会は、三組に分けて3000メートルのレースが行われることになった。九分台と十分台前半とそれ以外の三組だ。

俺は記録もだいぶ上がってきたから、十分台前半の二組目に並んだ。驚いたことに、後ろを見ると設楽がいた。

「おい、お前は、一組だろう」

「今年はまだ九分台になったことないから……」

設楽はぼそぼそと答えた。

「これって目標タイムでの組分けだろう？　あっちに並べよ」

俺は一組目の列を指した。

市野中学で一組に並んでいるのは桝井と俊介しかいない。こんな状態で、駅伝をどう戦うのだ。

「お前、陸上部だろう」

ぐずぐずしている設楽に、俺の声は鋭くなった。

「ああ、でも……」

「でもってなんだよ」

どうして設楽は背をかがめて、目を伏せて話すのだ。力があるくせに、どうしてそれをしまいこむのだ。俺から逃げていた時みたいに、いつだって堂々と自分を出せばいいのに。

「とにかく俺のいる組に入るな、うざいから」

俺が無理やり追っ払うと、設楽はしぶしぶ一組目のほうに向かっていった。

レースは一組目から行われた。設楽は宣言していたとおり、十分台を切れなかった。自分の中でタイムをそう設定している時点でだめなんだ。だけど、それ以上に、桝井の記録が伸びないのが気になった。最近桝井はうまく走れていない。そういや、ずいぶん前、桝井は俺に「不調だから勝てるぜ」と言っていた。もしかして、本当に調子が悪いのだろうか。しかし、走る桝井の足は普通だし、目に見える怪我《けが》はなさそうだ。きっと、俺たちに気を回して自分の走りに専念できていないのだろう。

二組目のレースで、俺は三位に入った。タイムも十分十九秒。少しだが上がっている。今まで何もしていなかった分、何かをすれば結果はすぐに出た。自分がしたことが形に表れるのは気分がよかった。

「よっ大田、速かったじゃん」

走り終えてトラックの周りで座っていると、幾多中学の岩瀬がよってきた。

「おお、お前も速かったよな」

「俺、六位。十分二十二秒」

岩瀬は俺の横に座った。

「陸上部でもないのに、やるじゃねえか」

「ま、俺らみたいなヤンキーって、足速いやつ多いんだよな」

岩瀬は機嫌よく言った。岩瀬とは一緒に補導されたこともある仲だ。

「ってか、お前、その頭。幾多中ではやってんの？」

俺は岩瀬の頭に目をやった。奇抜な髪型にしたがる不良は多いけど、岩瀬の頭はモヒカンをもっといい加減に刈り上げててっぺんだけ残した妙なスタイルだ。

「いや、黒彩ってべたつくしさ、茶髪の部分だけ切ってるうちに、こんなんになっちまったんだ」

「お前、意外に駅伝にはまってるんだな」

「どうだかな。ほら、長谷川、あいつうるせえし」

岩瀬が指差したほうには、真っ黒に日焼けして、サングラスをかけた大きな教師が立っていた。幾多中学の陸上部顧問だ。

「やくざだな」

「本当だよ。言うこときかねえと殺されかねない。お前んとこは……。まあ、殺される心配はなさそうだな」

岩瀬は上原を見て笑った。

「まあな。でも、うちは部長がしつけえんだよ」

俺は桝井のほうに顔を向けた。桝井はジローに声援を送っている。すっきりとした桝井の声は、よく響く。

「お前のところの部長、相当駅伝にかけてるんだな」

「そうだな」

確かに桝井は駅伝に力を注いでいる。でも、それだけじゃない。桝井は何でもきちんとやり遂げるやつだ。俺のことを説得しきったように、面倒なことだって軽口を叩きながらやり切る。立派なやつだとは思うけど、そんな桝井に本当は何を考えているのだろうかと、時々疑わしい気持ちになる。

「でも、いいなあ。大田のところにはそういうやつがいてさ。俺なんか、最近、周りが付き合い悪くてよ」

「そんなの、俺のとこも同じだって」

「俺ら一生の連れとか、マブダチとか言ってたくせに、塾に行くとかでぶちられるしな」

俺を囲んでいたやつらも二年のころは同じようなことを言っていた。俺ら、マジ最強の仲間だって。でも、少しガタついただけで離れてしまう。そんな程度のマブダチだった。今じゃみんな上手になって、俺に付かず離れずいい感じの距離を保っている。

「ま、その時、面白ければよかっただけのダチだから、長続きするわけねえわ。ってやば、俺、行くわ」

岩瀬は慌《あわ》てて立ち上がった。サングラスをかけた長谷川が怒鳴っている。レース後のミーティングが始まるのだろう。

桝井と俺はダチでもなければ連れでもない。現に駅伝が始まる前は、桝井は俺に声をかけることもなかった。この駅伝が終わったら、俺はどうなってしまうのだろう。

6

駅伝大会前日、例年と同じように壮行会が体育館で行われた。補欠も含めた俺ら駅伝メンバーが、全校生徒の前に立つ。

「ちゃんと制服着て、きちんと並んでね」

上原に言われ、俺はシャツをズボンの中に入れ、学ランのボタンも閉めた。正しく制服を着るなんて初めてだ。学ランのボタンを上まで閉めたとたん、息苦しくなった。冬服に移行されたばかりで、まだ暑い体育館は学ランを着るのに適していない。緊張のせいか暑さのせいか、めまいがした。

校長の話、続いて、生徒代表からの激励の言葉があった。それをみんなの前でじっと立って聞く。校長も生徒代表も、みんなは市野中学の代表だとか、みんなのがんばってる姿は私たちの誇りだとか、明日は全校で応援するだとか語っていた。

俺は前に立ちながら、みんなの視線を感じていた。桝井を初め、俺以外は代表にふさわしい応援する価値のあるやつらだ。だけど、俺はどうだろう。髪の毛は金色、いつも何もしようとしない乱暴者で、市野中学の恥と言ってもいい。怒られることはあっても、褒め称《たた》えられ、みんなに誇りに思われるような人間ではない。

全校みんながそんな俺を笑っているような気がした。もちろん体育館はしんとしていて、誰も何も言ってはいない。でも、みんな心の中で笑っているにちがいなかった。俺と一緒につるんでいたやつらも、今更代表だとか笑わせるなと、腹の中で馬鹿《ばか》にしているはずだ。

そう考え出すと、じっとりとした汗が出てきた。気がついた時には、俺は歩き出していた。

「ちょっと、大田、まだだって」

桝井が呼ぶのが聞こえて、俺の中の緊張が爆発した。そうなると、もう止まらなかった。

「あのよ、お前、ああしろこうしろって、いっつもうるせえんだよ」

俺は桝井に向かってそう言っていた。学ランのボタンを外すと、俺の中に築いていたものも崩れた。

「わかったから、大田、戻って」

「お前、俺の何なの？　いちいち命令すんなって」

俺が声を荒らげても、桝井は表情を変えなかった。悲しそうでもなく、あきれたふうでもなく、驚いてもいない。いつもそうだ。桝井はいつもどこか少し上から、冷静に俺のことを見てやがる。そう思うと、苛立《いらだ》ちはさらに膨らんだ。次第に周りもざわめき出し、それが俺をますます刺激した。

「どいつもこいつもマジうぜえ」

俺は何か声を出してないとおかしくなりそうで、あちこちに向けて怒鳴った。

「みんなで見てんじゃねえ。こんなくだらねえことやってられるか」

俺がわめくのに、みんなは一層騒ぎ出した。小野田が「おい、大田」と肩をつかもうとしたけど、俺はその腕を思いっきり振り切った。その時だった。体育館に、ジローの声が響いた。

「どうでもいいけど、いい加減にしろよ」

ジローの声は俺の悪態の何倍もよく響いた。

「は？」

「今さらやめたとか、ふざけたことぬかすなって」

ジローは堂々と言いはなった。

「なんだ、お前？」

俺はジローのほうへと近づいたが、ジローはさらに顔を険しくしただけで、びびろうともしなかった。

「お前、何か俺に文句あんのか？」

「当たり前だ。大田がいい加減なことすると、俺らにも迷惑だ」

「あんだと？」

「なんで逃げんだよ。みんなこうやって応援してるんだろ」

「てめえ、何様なんだ」

俺が胸倉を摑《つか》んでも、ジローは顔色さえ変えなかった。それどころか、俺の顔をじっと見据えている。こいつ、俺が怖くないのだろうか。お調子者のジローがケンカ慣れしているなんて聞いたことがない。キレている俺はいつだって恐れられていたのに。

いや、違う。キレているのは、俺じゃなくてジローのほうだ。俺はこの場の空気が重くて怒鳴っているだけだけど、ジローは本気で怒っている。だから、俺の様子なんか目に映っていないのだ。

「みんなで走ってきたんだろ? それを今になってどうのこう言うなよ。お前さ、何でも自分の思いどおりにいくと思うなって。ここまできてぎゃあぎゃあ言うな。明日なんだぜ。腹くくってやれよ」

ジローはまっすぐに俺を見たままで言った。どこにも笑みのない真剣な顔をしているジローに、言い返す言葉なんて一つもなかった。

今まで教師が俺を黙らせるためにキレているフリをするのは見たことがある。他校の俺と同じようなどうしようもない輩《やから》とやりあったこともある。でも、当たり前のことを本気で怒鳴られた記憶はない。こんなふうに真正面から挑まれたことなんてない。今まで立ったことのない場面にひるみそうになったが、俺は最後の俺らしさを振り絞って、

「やってられねえ!」

と叫んで、体育館から走り去った。

7

その日の夜は、外を出歩く気にもならず俺は家でがむしゃらにチャーハンを作った。

不似合いだと笑われそうだけど、いらつくと料理をする。野菜やら肉やらを刻んで炒《いた》めるとすっきりするし、それをやけ食いすれば、面倒なことが忘れられるような気がする。カニカマやソーセージやキャベツなど、何でも入れたチャーハンは、われながらいい匂《にお》いがした。よし食べようと皿に盛り付けようとした時、玄関から「すみません」という声が聞こえてきた。

「なんなんだよ」

出て行くと、上原が立っていた。

「みんなにさりげなく様子見に行けって言われたんだ」

上原は照れくさそうに笑った。

「さりげなくねえじゃねえか」

「こっそり外から眺めてたんだけど、様子がわからなくて」

「あっそう」

「ここじゃあれだから、入ってもいい？」

「ああ、まあ」

俺がしかたなくうなずくのに、上原は「お邪魔します」と、家の中に上がってきた。

「散らかってっけど」

俺は畳の上に散乱している洗濯物やら漫画やらを隅に放り投げた。

「お母さんは？」

上原は台所を見渡した。

「仕事」

「遅いの？」

「ああ。やっぱりなって感じだろ？」

「何が？」

「俺ん家《ち》。母子家庭だから、ヤンキーなんだって」

「そんなこと言ったら、私の家は父親しかいないよ。今時、両親そろっているほうが珍しいって。それより、いい匂いがすると思ったら、大田君が料理してたんだね」

「ああ、お前も食う？」

「うん」

上原はしっかりとうなずいた。遠慮を知らないやつだ。まあ、せっかくの出来立てだ。上原と食べるのはうっとうしいけど、後で冷めたぶんを食べるよりましだろう。

上原が「そう言えばおなかすいてたんだよね」と勝手にちゃぶ台の上を片づけ、俺が二人分のチャーハンを運んだ。

上原はいただきますと手を合わせてチャーハンを口にすると、「結構、おいしい」と嬉《うれ》しそうに笑った。

「まあな」

チャーハンはいつ作ってもそこそこうまくできる。今日の味もなかなかだ。

「ジローに、ラーメンでもおごるって王将に連れ出してうまいこと丸め込んでって言われたんだけど、逆にチャーハンごちそうになるとはね」

「不良にラーメンおごるって、教師らの定番なのかよ」

俺は顔をしかめた。

「どうかな? 実際にラーメンご馳走《ちそう》してる先生は見たことないけど。でも、ジローが不良はきっと王将が好きだって言うから」

上原と話していると、気が抜ける。

「あっそう。っていうか、上原もジローのことは、ジローって呼ぶんだな」

上原はあだ名を使ったり下の名前を呼び捨てにしたりせず、正しく苗字《みょうじ》で生徒を呼ぶ珍しい教師だ。

「そう言われれば、そうだね。なんだろう、ジローって、何かね」

「あいつ、異常に気安いからな」

上原に同意してから、俺は今日のジローを思い出して、気が重くなった。

「ほら、大田君って怖いじゃん。正直言うと、私だってびびるんだよね。そのくせ、みんなびびってないふりするでしょう?」

「何の話だよ」

「でも、ジローは、俺、大田怖いからあいつが機嫌悪くなると、いつもトイレに隠れてるんだとかってしゃあしゃあと言うんだ。ジローのそういう所、なんか安心するんだよね」

「まあ、お前も相当正直だけどな」

上原は俺がつっこむのを「そうかな」と流して、「それよりさ」と正座しなおした。

「あんだよ」

まさか俺は正座はしないけど、改まった雰囲気にスプーンはひとまず置いた。

「昔、先生が言ってたんだ。中学校っていくら失敗してもいい場所なんだって。人間関係でも勉強でもなんだって好きなだけ失敗したらいいって。こんなにやり直しがきやすい場所は滅多にないから。まあ、中学に限らず、人生失敗が大事って、よく言うじゃん。マイケル・ジョーダンだって、俺は何度もミスをしたから成功したって道徳の教科書で言ってるしね。だけどさ、取り返しのつかないこともごくたまにはあるでしょ?　失敗しちゃだめな時って」

「ああ」

上原が間をおかずに話すから、俺はうなずくことしかできなかった。

「それが今だよ。今は正しい判断をする時だよ。妙な意地とかにとらわれないで、自分のためにも、手を差し伸べてくれている人のためにも。ほら、マイケルだって、何度も失敗したとか言いつつ、ここぞって時にはちゃんとムーンウォーク決めるでしょう?」

「ムーンウォークをするのは、マイケル・ジャクソンで、ジョーダンが決めるのはシュートだ」

俺が言うと、上原は「そうだっけ」と笑ってまたスプーンを手にした。

「つくづく義務教育ってすごいなって思うよ。私、職員室で苦手な先生とは話さないもん。嫌な先輩とか、関わらずにすみますようにって思っちゃう。でもさ、中学校ってすごいよね」

上原はさっきの真剣な様子はどこへやら、チャーハンを食べながらのん気にしゃべった。

「俺みたいにしてても、誰かが声かけてくれるしな」

俺がいやみっぽく言っても、「そうそう」とチャーハンを食っている。こいつのこういうところ、一種の才能だ。

「ま、明日、待ってる」

上原は適当なことを好き勝手言って、ちゃっかりチャーハンを平らげて帰っていった。

寝る前、俺は中身が残っていたか、黒彩を振って確かめた。記録会や練習会のたびに使った黒彩。染めるたびに髪の毛は傷《いた》んでギシギシになった。

いや、もうこんなもので覆《おお》い隠してもしかたないのかもしれない。俺は黒彩を置き、バリカンを手にした。

8

2区は山の中の集落を走るアップダウンの激しい区間だ。俺は上り坂に足を踏み入れるたびにスパートをかけた。坂に入って前のやつのスピードが弱まった時に、ぐっと近づいてそのまま抜きさる。どんなふうに走ろうか。他のやつらがそんなことを考えているであろううちに、さっと追い抜いてやる。最初の上り坂で、目の前を走っていた二人を抜いた。

六位だったのが、四位。俺の前にいるのは、あと三人だ。トップのやつは見えないところを走っているけど、前の二人の姿は見える。よし、捕らえてやる。俺は前のやつの背中をにらみながら、足を進めた。前を行くのは加瀬中学と幾多中学。記録会でもいい走りをしていたやつらだ。やっぱり本番でも強い。じりじりと距離を詰めているものの、なかなか追いつけないまま、中盤に差し掛かってしまった。

2キロを越えたあたりで、田んぼが広がる大きな道に出た。沿道には応援のやつらもたくさんいる。「がんばれ！」「行け！」などと、声が聞こえて、前のやつらのスピードが上がった。細い道を黙々と走っていた時とは、レースの雰囲気が違う。応援されてペースを上げるなんて甘い走りだ。俺は今こそ間を縮めてやろうと腕を大きく振った。ところが、その分、「後ろきてるぞ！」「上げろ！」と、前を走るやつらへの声援も大きくなって、加瀬中も幾多中も加速した。残念ながら市野中学の応援団はここにはいない。駅伝は6区間あるのだ。わざわざ俺が走る区間を選んで応援するやつなんているわけがない。

そのうち、後ろのやつへの声援も聞こえてきた。さっき抜いたやつらが近づいてくるのだ。ちきしょう。応援されて張り切りやがって。そう思いながらも、さすがに孤立無援な気分になってきた。いや、待て。大丈夫だ。俺はこういうの得意じゃねえか。全員敵で結構。喧嘩《けんか》上等だ。そう自分に言い聞かせているうちに、頭に小学校駅伝のことが浮かんできた。

駅伝練習に参加していたころ、桝井とケンカをしたことがあった。俺が「お前、ケンカ売ってるのか？」とからむのに、桝井は「ケンカは売ってないよ。ヤクルトだったらお母さんが売ってるけどね」と言いやがったのだ。当時、「ケンカ売ってるのか」は俺の決まり文句で、「ごめん」と答えるのが正しい対処法だった。そのころの俺は、みんなのびびっている姿を見るだけで満足だったのだ。それなのに、桝井に妙な返答をされた俺はすっかりキレて、そのまま桝井を殴っていた。頰が赤くはれ口の横に切り傷ができた桝井は一瞬痛がっていたけど、すぐに「先生に見られたら面倒なことになるから、帰るわ。これ、兄弟げんかってことで。大田だって駅伝にはかけてるだろう」と帰っていった。翌日、五つ年下の弟しかいない桝井は「いやあ、小一でも男って力が強いねえ」と軽口を叩いていた。

あの時も桝井は走るチャンスをくれたのかもしれない。それなのに、俺はたかだか捻挫《ねんざ》でそのチャンスを見送った。でも、今度は無駄にはしない。今度は俺が桝井にチャンスを与えてやる。

大きな道が終わり緩やかな細い道に差し掛かると、声援も消えレースも元のペースに戻った。ここからが勝負だ。三位との距離は50メートル、二位とも１００メートルと離れていない。これくらいなら何とかできる。やつらはさっきの声援に応《こた》えたせいで、スタミナが減っているはずだ。ゴールまで残り１キロを切っている。もう時間がない。俺は一歩の幅を広げた。だけど、距離は縮まらない。何度もスパートをかけたせいで、俺の走りも乱れているのだ。

ここで、へばっちゃだめだ。今日の朝、桝井は俺に「高校でも陸上するんだろ」と言った。高校のことなどわからない。けれど、今日で走るのを終わりにするのはいやだ。

今の間に上げておこうと力を振り絞った。しかし、速く足を動かそうと奮い立たせてみても、走り始めたころのようにはエンジンがかからず、追い抜けないまま最後の上り坂に差し掛かってしまった。さすがに中継地点付近は応援が多い。またもやレースが乱される。声援に押されて、前のやつらのスピードが上がる。負けるわけにはいかない。俺はもう一度前のやつらの背中をにらみつけた。その時だった。聞きなれた声がした。何度も何度も耳にした台詞《せりふ》が、俺の中に入ってきた。

「大田、お前ならやれる！」

小野田だ。沿道では小野田が叫びながら大きく手を振っている。

「お前は本当にやれるやつなんだからな！　走れ！」

小野田は馬鹿みたいに叫んでいた。一つ覚えみたいに教師が口にする言葉。だけど、小野田のは少しだけ違う。本当はやれるやつじゃなくて、本当にやれるやつ。ジローも渡部も小野田のクラスの生徒だ。でも、小野田はこの場所で応援することを選んでくれたんだ。

「おお」

俺は吼《ほ》えた。俺の最大限の力はこんなもんじゃない。もっともっと走れるんだ。俺は足がちぎれそうになるのを感じながら、身体を前に倒すように走り、そのまま三位の選手を捕らえた。小野田の声はまだ聞こえる。いったいどれだけでかい声で叫んでるんだ。でも、その声に押されて、俺は加速する。

応えたい。小野田の声に、俺にこんな機会を与えてくれた桝井に、俺に襷《たすき》を繋《つな》いでくれた設楽に。そして、ジローに襷を繋げたい。

俺の頭は真っ白だった。酸素不足だ。けれど、かまわない。あと二人。一位のやつはとっくに見えなくなっているけど、二位のやつはもう少しで手が届く。絶対に抜いてやる。

最後の50メートルは下り坂で、ゴール地点がよく見えた。中継所には俺と同じ髪型のやつがいる。

「本番なんだから当然だろ？　ちょっとでも空気抵抗を省くためだぜ」

今朝のジローの言葉は、俺の用意していた言い訳と同じだった。金髪じゃ出られないからじゃない。まじめになったわけじゃない。ただ速く走るために剃《そ》っただけだ。そう言う予定だった。だけど、ジローに「な、大田」と言われて、俺はただうなずくだけだった。

丸坊主《ぼうず》のジローはもう手を伸ばしている。そうだ、あの手に襷を渡すんだ。俺はもう一度吼えて、転がりこむように前のやつを捕らえた。

3区

一位の走者が見えて、中継所が沸いた。予想どおり、加瀬南中が入ってきた。「大会区間新記録」という声が聞こえる。かなりのハイペースだ。この後、幾多西中、幾多中、加瀬中あたりが続いてくるだろう。そして、大田を含めいくつかの学校が一緒になって集団で入ってくるはずだ。

ところが、二位の選手はなかなか見えてこない。2区でこれだけの差が開くとは、加瀬南の強さは評判以上だ。一位と二位があいているとなると、大田がいるであろう五位六位ラインはどうなっているだろう。前の走者と離れていると走りにくいな。そう思っていると、とんでもないものが見えた。いや、まさかそんなはずはない。俺はもう一度目を凝らして見た。遠くに見えるのは大田だ。大田が叫びながら、いや吼えながら走ってくる。

「ジロー、ジロー」

大田は必死の形相で向かってきた。鼻水も涙も出ている。

「ここまでここまで、ラスト！」

俺も叫んだ。

「ジロー、頼んだ！」

大田の叫びのような願いのような声は、襷を通してずしりと響いた。

「おっす」

俺はしっかりと襷を受け取った。のん気にはしていられない。すぐ後ろには三人の走者が来ている。俺は勢いよく踏み出した。

1

仲田真二郎。

みんな俺をジローと呼ぶけど、正しい名前はこうだ。物心付いてから、仲田君と呼ばれることも、真二郎君と呼ばれることもなかった。まず、仲田。田舎のこの地域は同じ苗字が多い。中でも仲田は人気の苗字ベスト1で、中学校だけでも八人いる。ややこしいから苗字で呼ぶことは却下。じゃあ名前でとなると、名前が長い。前半の真をとって、あだ名の王道「しんちゃん」でいいのだけど、保育所から同じクラスに信司というやつがいて、「しんちゃん」というあだ名を独占していた。そいつのほうが小さくてかわいくて、いかにも「しんちゃん」だからしかたがない。

そういうもろもろの事情があり、俺の呼び名はジローとなった。クラスメートや先輩はもちろん、小学一年生から中学三年生にいたるまで、いつの時代の担任もほとんど行くことのない保健室の先生まで、俺のことをジローと呼んだ。

「ジロー、話があるんだけど、今から学校まで出てこれるか？」

中学校最後のバスケ部の大会が終わった翌日、担任の小野田が家に電話をよこした。ここ最近の行動を振りかえってみたけど、悪いことはたぶんしていない。それに小野田の声色は優しい。ということは、説教でなくお願いだ。

俺は小学生のころから物を頼まれることは、いつもクラスナンバー1だった。「ジローが気楽で助かる」歴代の担任教師はみんなそう喜んだ。

今も俺は生徒会の書記を務めているけど、これだって立候補じゃない。

「書記だけ立候補が出ないんだよ。ジローやってよ」

去年の終わり、生徒会担当の宮原に言われた。だけど、さすがの俺も生徒会役員となると、ほいほい返事はできなかった。しかも書記とか面倒くさそうだしなと渋っていると、生徒指導主任の織田が出てきて、「なんだ、ジロー、ぐちぐち言わずにやれ」と一喝された。市野中学は小さな学校だけど、三年生は五十二名いる。五十二分の一で俺を呼び出して怒るのもひどい話だけど、やっぱり俺は引き受けた。

「頼まれたら断るな」これが母親の教えだ。頼んでもらえるのはありがたいことだ。幼いころからそう言われ続けたから、俺の人生はずっとそんな感じ。「ジロー、プリント配っといて」「あれ、給食当番一人欠席か。ジロー頼むわ」そういう雑用から、「ちょっと、学級委員やる人誰もいないの？　じゃあ、ジローで」というものまで。厄介だとは思うけど、どんなことでもやっただけ何かがあるというのはわかる。断ってまた頼まれて、というのもわずらわしい。現在俺は、生徒会書記以外に、クラスでは号令係と司会係をやり、バスケ部では部長もしていた。どれもこれも、「ジローやっちゃってよ」という周りの後押しの結果だ。

自転車を漕《こ》いで学校に着くと、会議室に通された。

「おお、クーラーついてるじゃん」

「そう。贅沢《ぜいたく》だろ？」

小野田はにこりと笑った。これは間違いなく頼みごとだ。

「まあ、ジロー座れよ」

「ああ」

「夏季大会、お疲れ様。惜しかったな」

我がバスケ部は二回戦で負けて、上の大会には進めなかった。俺ら三年生はそれで引退。あとは受験に向かうべきなのだけど、まだそんな気にはなれなかった。

「頼みたいことがあると言うか、ジローしかいないってことがあるんだけど」

小野田はそう言いながら、麦茶まで出してくれた。かなりのＶＩＰ待遇だ。いったいなんだろう。夏休みに呼び出してまでの、頼み事。二学期からクラスの雰囲気を受験モードに持っていきたいから、なんか取組をしろということだろうか。もしくは、野球部部長の村野が大会で負けて元気ないから、声かけてやれ、ということか。

「で、先生、何？」

俺は麦茶を一気に飲み干した。もったいつけなくたって、俺はだいたいＯＫなのだからすぐに言ってくれたらいい。大会も終わったことだし、早く片付けて昼からは遊びに行きたい。

「駅伝って、六人で走るだろ？」

「ああ」

「それなのに、今年陸上部で長距離やってるやつ、二、三年合わせても三人しかいなくて、人が足りないんだって」

「へえ。短距離の岡下とか走らないの？」

なんで世間話なんてするのだろう。さっさと用件を言えばいいのにと思いながら、俺は訊《き》いた。

「岡下や城田は短距離だから、長い距離走りそうにないしなあ。まず根性がないと駅伝は無理だろ」

「そっか。ま、駅伝は別に陸上部だけでやるわけじゃないから、誰か走るだろ」

毎年駅伝大会では陸上部以外のメンバーが活躍している。今年もそうなるだろう。俺は気楽に言った。

「そうだな。で、ジロー、お前走ったらどうだ？」

「は？」

俺は何の根拠もない小野田の言葉に、目を丸くした。

「ジローそこそこ走り速いしさ」

「いやいやいや、もっと速いやついっぱいいるじゃん」

俺は運動神経は悪くないけど、走りに関してはごく普通だ。俺より速いやつが三年生だけでもずいぶんいる。俺は小野田の申し出に首をぶんぶん振った。

「でも、ジロー、いつも体育祭とか校内陸上大会で休んだやつの分も走ってるだろ?」

「それって速いからじゃなくて、俺が一番無理きくってだけだろ?」

俺は欠席者の代わりになんだかんだとやってはいる。でも、それは有能だからではなく、突然頼まれても断らないからだ。

「もしかしてジロー、いやなのか?」

小野田は当たり前のことに首をかしげた。

「いやだろう。普通」

「どうしてだ。駅伝に出るなんて名誉なことじゃないか」

「だから困るんだよ。俺が走って迷惑かけるのはいやだしな」

そうだ。駅伝となるといつもの調子でOKというわけにはいかない。駅伝は学校あげて取り組んでいるし、毎年県大会に進出している。それなのに、速くもない俺が走って上に進めないとなると大問題だ。放課後や夏休みに練習するのが面倒でもある。

「そんなの気にせず走ったらいいじゃないか」

「気にするよ。とにかく駅伝は無理だ」

「本気で言ってるのか?」

小野田は俺の顔をじっと見た。

「ああ、さすがにちょっとなあ」

「どうしてもかあ？」

「どうしてもって、ほら、駅伝となると、やっぱりしんどいじゃん」

「そうか。そうだな。わかった」

小野田はがくりと肩を落として、大きなため息をついた。そのとたん、俺はなんとも嫌な気持ちになった。断るのはこんなに後味の悪いことなのか。俺は思わず、「わかったって、やるよ」と小野田の手を握りたくなる衝動にかられた。でも、引き受けて走ったって、うまくいくわけがない。もっと困る事態になるはずだ。俺は後ろ髪を引かれる思いを断ち切るように、会議室をそそくさと出た。

切ないような苦しいようなざわざわした思いは、家に帰ってからも消えなかった。小野田のがっかりした顔ったらなかった。期待が抜けて失望に変わる表情を見せられるのは、たまらない。今日は川に行って遊びまくろうと思っていたのに、何もする気がなくなってしまった。こういう時は寝るにかぎる。しっくりいかない気持ちは寝てなくすのが一番だ。そう思い立って扇風機をかけて眠っていたら、夕方母親にたたき起こされた。

「ちょっと、真二郎、あんた、ぐちぐち言ってるんだって？」

この町内で、俺のことをジローと呼ばないのは、母親だけだ。

「何が？」

「何がって、職場に担任の先生から電話があったよ」

寝起きでぼやけた頭で、俺はずっこけそうになった。小野田のやつ、「わかった」ってしおらしく言ってたくせに、どうして母親に言うんだ。こんなのチクリじゃないか。

「ぐちぐちって、駅伝に出ろって言われたから無理だって言っただけだって」

「無理って、あんた何様なの？」

母親はあきれた顔をした。

「何様も何も、俺なんかが出たって迷惑なだけだろ？　それがわかってるから断ったんだ」

俺は身体《からだ》を起こすと、台所に向かった。暑くて喉《のど》がカラカラだ。

「そんなのわかった上で頼んでくれてるんでしょう。真二郎しか頼む人がいないのよ」

「そうだろうな」

俺は水をごくごくと飲んだ。きっと小野田も陸上部のやつらも、一通りあちこちに頼んだはずだ。岡下や城田やその他の走れるやつ、思いつくかぎりにあたって無理だったのだ。それで、最後の最後にただ断らないという理由で俺に回ってきた。

「それがわかってるのに、断るなんて馬鹿じゃないの」

母親は怒りながらも、忙しく動きはじめた。ＰＴＡ副会長を務める母親は、今度のＰＴＡコーラスで歌う曲を、参加者分ＣＤにダビングしなくてはいけないらしい。朝から晩まで仕事をしているくせに、母親は学校や地域の役員をいつも引き受けていた。

「真二郎が最後の砦《とりで》なのにねえ」

「ああ」

「ああって、わかってんの？　あんたの次はいないのよ」

母親に鋭い声で言われて、俺の胸はまたざわざわした。才能を見込まれたわけではない。ただ、どうしようもなくなって俺に話が来た。それは喜ばしいことではない。そうだけど、俺が断るということは、駅伝が成り立たないということだ。

「明日の朝、校門に七時集合だって」

「は？」

「だから、明日の朝、七時集合だから、六時には起きなさいよ」

小野田のやろう。もう俺が了解すると決めてやがる。

「せっかくバスケ部引退して、朝練がなくなったと思ったのに、また早くから朝ごはん用意しなきゃいけない」

母親は文句を言うと、さっさとCDを整理し始めた。

2

「おお、ジローやっぱり来てくれると思った！」

次の日、母親に起こされ半分眠った頭で学校に向かうと、桝井に大げさに抱きつかれた。

「ジローが来てよかった」

同じクラスでもないし、それほど仲がいいわけでもないのに、設楽も顔をほころばせてくれた。なんともいい感じじゃないか。喜んでもらえると嬉しくなる。何でも引き受けると、こういう特典がちゃんとある。そんなに走るのが嫌いなわけでもないんだし、まあいいか。俺は早速いい気分になった。自分ながら単純なやつだ。

しかし、そろい始めたメンバーを見て、ぎょっとした。ヤンキーの大田がいるのはまだいい。あの渡部がいるのだ。吹奏楽部の渡部が駅伝に参加するなんて、思ってもいなかった。なんでも受け入れる俺が、唯一《ゆいいつ》苦手とする人物。それが渡部だ。

渡部とは今まで何度か対戦する機会があって、俺はいつも負けてきた。

最初にぶつかったのは、五月の合唱祭だ。案の定、合唱祭では指揮者をやりたいやつが見つからず、俺に回ってきた。三年連続の指揮者だ。

「いいよ。任しておけ」

俺がいつもどおりすんなりＯＫして、拍手が起きたところに、反対意見が出た。みんなの嫌がることを引き受けて反対される。初めての事態に、俺はおろおろした。この反対したのが、渡部だ。

「どうして指揮者がジローなの？　ジロー音楽的才能ないじゃん」

渡部がそう発言するのに、みんなは嫌な顔をした。そりゃそうだ。やたらにかしこぶってる渡部は嫌われていたし、指揮者を引き受けた俺にみんな感謝しているのだ。

「じゃあ、お前やれよ」

俺がむっとするのに、渡部は、

「だめだよ、俺は歌がうまいから。俺が指揮になって、合唱から抜けるのはいたい」

と、偉そうに言ってのけた。当然ながら、みんなから非難の声があがった。だけど、

渡部は気にすることもなく、

「中学校最後の合唱祭なんだ。勝ちに行くんだろう?」

と冷静にみんなに訴えた。

毎年三年生は、中学校最後の合唱祭におおいに盛り上がる。必ず最優秀賞をとりたいとみんなが必死になるのだ。

「去年、ジローのクラス、ジローの指揮で負けてたじゃん。歌はそう悪くなかったのにな。合唱の審査には、指揮との一体感も入るんだぜ。指揮と歌がばらばらだったらどんなに上手に歌ったって勝てるわけがない」

渡部の分析にみんなが「なるほど」とうなずき始めた。合唱に関しては吹奏楽部の渡部に軍配が上がってしまう。女子たちが「勝ちたい!」「絶対最優秀賞欲しい」と目をキラキラさせ、そのうちみんながそうだよなと賛成しだし、そのあとは渡部の独壇場だった。

渡部に指名されたあかねちゃんが指揮をすることになり、俺はすごすごと指揮者の座を渡すことになった。

次はそのあかねちゃんだ。俺は小学生の時からあかねちゃんのことが好きだった。あかねちゃんは、人気者で、女子バスケ部の部長で、明るくてかわいかった。三年生になって最後の大会前に俺はあかねちゃんに告白した。「ずっと好きだったんだ」って。決死の覚悟の俺への答えは、「みんな一緒だからなあ」だった。

「ジローも、山ちゃんも、鈴木君もみんな友達だから、その中でジローだけを好きってのは考えにくい」

「あ、ああなるほど」

俺は間抜けに納得した。あかねちゃんは誰とでも仲がいい。おとなしいやつとも元気なやつとも、一緒にいる。あの大田だってあかねちゃんにはヘラヘラしている。

「じゃあ、あかねって好きなやつとかいないの？」

「気になる人はいるかな」

「だれだれだれ？」

格好悪いと思いつつ、俺はあかねちゃんに訊いた。

「渡部君。なんかあんまりしゃべらないし、不思議でしょ。知りたいって思っちゃうんだよね」

あかねちゃんが相手するのに手こずっているやつ。それが渡部だ。渡部は誰とだって仲良くなんかない。めったに笑わず斜めに構えて人を見て、口を開けば小難しいことを言う。いつも物思いにふけっているような顔をして、何を考えているかわからない。そんなことが有利になるなんて、世の中どうかしている。

そんなこんなで、俺はいつも渡部には負けている。でも、そんなことはどうってことはない。人に負けることなんて日常茶飯事だし、負けることがだめじゃないことぐらい中学生の俺は知っている。

俺が気になるのは、渡部が俺のことを嫌っているということだ。渡部はいつだって俺に不愉快な態度を向け、何かと文句を言った。俺は今までそんなふうに人から嫌われたことはなかった。それに、俺自身嫌いなやつもいない。だから、渡部の態度に落ち着かなくなるのだ。

「今日は野外走。夏休み中は外を走るんだ。まだ暑くないし、朝は車も人も少ないから気持ちいいよ」

渡部がいるのはおいておいて、桝井が朗らかに言うのに、すごく楽しいことが始まる気がした。

「いいね。走ろう走ろう！」

「よし、ジローは初日だし楽に走ってな」

「おう」

桝井を先頭にして、俺たちは外にとび出した。まだ日差しが本気を出していない朝の道は心地いい。渡部は俺をちらりと見ただけで、今回は文句を言わなかった。そうだ。俺が走らないと、市野中学の駅伝は成り立たないんだ。俺は一人で納得すると、スピードを上げた。

3

夏休み明けの土曜日、記録会に行くことになった。競技場で走ったことなんてない俺は、外に出るというだけでわくわくした。

「なんか遠足みたいだな」

マイクロバスに乗りこんでテンションが上がった俺に、

「本当に気楽なやつだな。ここまで来ると手放しでうらやましい」

と渡部はすかさず皮肉を言った。俺がああ言えばこう言うだ。

「まあまあ、どうせなら楽しんで行こうよ」

桝井はやれやれと俺と渡部を見た。そりゃそうだ。なんだって楽しまなきゃ。俺は渡部を無視して席に着いた。

バスが動きはじめると、設楽は今までの練習や走りの結果を書きこんだノートに目を通しだした。二年生なのに俊介も長距離用のスニーカーを袋から出して、手入れをしている。みんな俺より走ることを知っているのだ。

「ジローさ、記録会って初めてだろ?」

桝井はひょいと俺の隣に座った。

「ああ。でも、俺、体育祭とか校内陸上とかじゃ、いろんな種目に出てたぜ」

桝井に気を遣わせちゃいけない。俺が経験をひけらかすと、「何の自慢にもならないことだ」と渡部が後ろの座席でつぶやいた。こいつの耳の鋭さだけは感心する。

「どんなことでも場数を踏んでるってすごいよ。だけど、記録会は体育祭と違って単なる競走じゃない。最初飛ばしすぎるとあとでしんどくなるからな」

桝井は渡部の言葉をかわして、俺に言った。

「ああ、そうだな」

「今日はみんなに勝つんじゃなくて、ジローがどれくらいのペースで3キロ走れるのかを知るのが大事だから」

「おう」

「周りにのまれないように。どういうペース配分で走るのが楽なのかをつかめるようにな」

「わかった」

俺が知っている学校内で行われる競走とは違うということだ。初めてのことに俺はドキドキしてきた。

「でも、楽しんでくれたらそれでいいんだけど。他校のやつらと走るの面白いし、４００メートルトラックも気持ちいいし。学校のちまちました２００メートルトラックとは大違いだから」

俺の緊張を察してか、桝井は軽やかに言った。

「ああ、大丈夫だ」

俺が思っている以上に、着々と駅伝大会は近づいているのだ。ノリと調子だけで走っちゃいけない。俺はしっかりとうなずいた。

記録会はタイムで組み分けがされる。俺は一番遅い四組にエントリーした。俺より速いけど初心者だからか、渡部も四組だ。渡部は俺と同じように日差しの中を走っているのに、ほとんど焼けていない。白い肌ですまして立っている渡部は、とても走る前のやつには見えなかった。

「お互い頑張ろうぜ」

俺は渡部に声をかけた。並んで出発を待つのにいがみ合ってもしかたがない。

「ジロー本当に走るんだな」

渡部は俺に目もくれず、前を見たままで言った。

「なんだ、それ？」

「いや。本当にジローって頼まれたらなんでもやるんだなって」

「お前だって、走るじゃん」

「俺は選んでするべきことを決めている。なんでもやるわけじゃない」

渡部ははっきりと言った。

渡部はこの駅伝に参加しているのが不思議なくらい、いつも自分のことだけをやっている。そんな渡部のほうが、安請け合いする俺よりいいのだろうか。頼まれたら断るなだよな。いや、何でもやればいいというものでもないか。時々俺は、渡部がきっぱりと言いはなつのに、真実を突きつけられている気がしてしまう。

俺がかき乱された気持ちを整えようとする間に、「いちについて」の声が聞こえた。余計なことを考えている場合じゃない。切り替え、切り替え。俺が深呼吸を終えると同時に、スタートのピストル音が鳴った。

桝井の言うとおり、四組は走りなれていないやつが多いから、出だしは短距離走のような勢いだ。でも、これに乗っちゃいけないんだよな。自分の走りをしなくては。そう自分に言い聞かせたとたん、俺はこんがらがった。自分の走りがどういうのか、わからないのだ。みんなからどんどんひき離されても、周りがオーバーペースなのか、自分が遅いのかもつかめない。野外走を思い出そうとしたけど、走りながらではうまく考えられなかった。そんな俺をおいて、渡部はすいすいと走っていく。まさに周りに何も影響されない渡部自身の走りだ。俺だって自分の走りをしてやろうとしたけど、ペースもつかめないまま残り1キロとなり、俺は一番遅い集団の中で走っていた。

「ジロー、ここから全力」

　最後の二周になったところで、桝井が大声で叫ぶのが聞こえた。

　ここから全力。それならわかる。とにかく力を全部出して走ればいいんだ。俺は思いっきり走った。まだ力はずいぶん残っていて、面白いくらいスピードは上がった。そのまま勢いで集団から飛び出し五人を抜いたけど、最初につけられた差はうめられず、ゴールしたのはちょうど真ん中の順位で、記録は十一分ジャストだった。

「ジローお疲れ」

　桝井が走り終えた俺のそばに駆け寄ってきた。

「なんか最初に抑えすぎてしまった」

俺はゴール地点にぐたりとへたりこんだ。最後にむやみに追い上げたせいで、呼吸は乱れきっていた。

「俺がいろいろ言いすぎたのかもな」

「桝井のせいじゃないよ。俺、自分で自分のペースがちっともわからなかった」

「初めてだからそんなもんだって。ジローって、自分で思うより力あるってことだよ」

そう言う桝井は、一組のレースで十二位だった。俺より一分以上速いし、俺は桝井の走りを知っているわけではない。だけど、桝井にとって納得いく結果じゃなかったはずだ。それなのに、今、どんな気持ちで俺を励ましているのだろう。

「なんか悪いな」

「そんなこと思う必要ない」

「本当に俺、ど素人《しろうと》だ」

「初めてなんだから当然だろ？　今日はジローがなんとなくでもペースをイメージできただけで十分」

そう笑う桝井の顔は本当ににこやかで、奥にある気持ちなんて読めそうもなかった。

「そうだな。……よし、またがんばろうっと。あ、先生、俺、どうだった？」

大事なのは次だ。なんでも切り替え切り替え。俺は立ちあがると、上原を見つけて声をかけた。

「どうだったって？」

「今日の走り」

顧問のアドバイスは聞いておかなくてはいけない。バスケ部では試合の後、自分のチームの顧問だけでなく対戦相手の顧問からもアドバイスをもらうのが通例だった。

「そうだなあ……。元気がいっぱいでよかったよ」

上原は少し考えてから、そう答えた。

「本当？」

「うん。特に後半は勢いあったし」

「そっか。ならよかった」

「この調子でがんばって」

「おう、サンキュー」

褒められて俺が満足していると、渡部が舌打ちするのが聞こえた。

「なんで、ジロー、あいつに訊くの？」

「あいつって？」

「上原だよ」

「え？　だって、陸上部顧問だろ？」

「顧問だとしても、あいつ何もわかってない」

「確かにそうっぽいな」

「そうっぽいなって、ジロー、本当にのん気だな。元気いっぱいの走りって、どういう評価だよ。幼稚園児褒めてんじゃないんだから。こんなアドバイス、次に何も生かされない」

渡部は渋い顔をしたけど、「元気いっぱいの走り」俺にはその評価で十分だった。

4

記録会の結果はいまいちだったし、今のところ俺がチームで一番遅い。俺は今まで以上に身を入れて練習に励んだ。みんなより速くなるのは無理にしても、ある程度まで近づいておきたい。引き受けたからには、あいつに頼んで失敗だったとなっては困る。

記録会の次の日から、駅伝練習の後、校舎周りをジョグして筋トレをするのが俺の日課になっていた。本当はもっと追い詰めたいところだけど、桝井に身体を休めるのも大事だと指摘されて緩めのメニューで我慢している。俺と同じように陽気で冗談だってとばすのに、桝井の言うことには妙な説得力があった。部長だからなのか、俺たちのことを驚くほどよく見ている。そのせいか、桝井には素直に従ってしまう。

「ジローがんばるな」

みんなの下校を見送ると、小野田はグラウンドの隅で筋トレをする俺の隣にやってきた。

「まあな。なかなか速くなんないけど」

俺は腹筋をしながら答えた。桝井に走りこむのは控えろと言われ、何をするべきか困っていたところに「体幹を鍛えると安定して走れる」と、設楽が遠慮がちに教えてくれたのだ。弱々しく見えて、設楽は俺の何倍も走ることに詳しい。

「ジローが入ってチームも上々だな」

小野田はズボンが汚れるのも気にせず、俺の横に座りこんだ。

「上々なわけないよ。俺のおかげでメンバーがそろったってだけで、俺が不安材料だ」

腹筋二十回の次は背筋だ。俺はうつぶせに身体をひっくり返した。

「駅伝なんて速さだけじゃないだろ？」

「でも、参加することに意義があるっていうものでもないしな」

練習をすればしただけ、甘いものではないということを思い知らされた。生徒会書記に学級委員に実行委員。いろんなことをやってきたけど、そういうのとは違う。次に誰かが待っているというのは、怖いことだ。一つのものをみんなで繋いでいくのは、とんでもない重圧がある。今までと同じような、何だってやってみればいいという意気ごみだけで乗り切れるものではない。

「あんまり思いつめるなよ」

小野田は俺の背中に向かって言った。

「わかってる」

喜ばしいことなのか、俺は思いつめるほど物を考えたりしない。だから、明らかにみんなより劣っているタイムをひっさげて、毎日練習に参加しているのだ。

「楽しんでやるのがジローのいいところなんだからな」

「ああ。って、先生も大変だな」

小野田の励ましに俺は思わずつぶやいた。

メンバーを集めるために俺にまで声をかけ、駅伝練習が始まったと思えば、不良の大田に変わり者の渡部に速くもない俺。自分のクラスの厄介な生徒を気にかけなきゃいけない。

「何がだ？」

「いろいろだよ。いろいろ」

「そっか。そうだよな。朝から大声出して授業して、部活して、結構肉体労働だもんな」

小野田は見当違いのまま納得すると、

「まあ、駅伝だって何だってジローが入れば正しい方向に行くから、こっちは安心だけど」

と、腹筋のために身体を仰向《あおむ》けに戻した俺の顔を見て言った。

正しい方向？　いや、楽しいの聞き間違えか。周りを陽気にするのが、俺の特技なのだから。

「そうだな。ムードメーカーとしてはおおいにがんばっちゃうよ」

俺は歯切れよく言うと、最後のセットの腹筋に取りかかった。

5

二回目の記録会は十分五十八秒。三回目で十分五十五秒。そして、今日。最後の記録会で十分四十三秒が出た。少しずつだけど、記録は上がっている。本番まで二週間。なんとか駅伝メンバーの一人だと言っても恥ずかしくない走りができるようになってきた。それと同時に、俺は走ることを好きになっていた。身体を動かすのは性に合っているし、毎日やることがあるというのがいい。もし駅伝に参加していなかったら、部活も引退して退屈になっていたはずだ。ただ授業を受けて、ひたすら受験に向かうなんてとんでもない。

「さあさあ、みんなお疲れ。今日もなかなかいい走りしてたよ」

俺たちがテントの中で休憩していると、いつものように母親がやってきた。学校行事が大好きな母親は、体育祭や合唱祭はもちろん練習試合にだって応援にやってくる。

「だから、ただの記録会で来るなって言ってるだろう」

俺が顔をしかめるのなど一向にかまわず、母親はクーラーボックスをテントの中に遠慮なく置いた。

「いいじゃないの。せっかく息子が走るんだもん。ねえ、先生」

「そうですね。いつも来ていただいてありがたいです」

上原がそうやっておだてるから、母親は調子に乗って来るのだ。俺はますます顔をしかめた。

「本当は父ちゃんにも声かけたんだけど、本番見に行くんだからいいだろうって、まだ寝てるのよ。付き合い悪いったらないよね。さ、飲んで飲んで」

母親はせっせと紙コップにアクエリアスを入れて、みんなに配った。

記録会は昼で終わるから、俺たちは競技場で簡単に昼ご飯を食べてから帰る。その時に毎回母親が大量の差し入れを持ってくるのだ。

「ほら、先生も飲んで。先生は、えっと、これだ。はいお茶」

「すみません、私にまで気を遣っていただいて」

上原は緑茶を受け取ると、ぺこりと頭を下げた。

「当然当然。面倒見てもらってるんだから。あ、ちょっと、あんた、また眉毛《まゆげ》いじったんじゃない?」

母親は大田の前髪を乱暴にかき上げた。

「いや違うって」

「違うって、前より薄くなってるじゃないの」

「気のせい気のせい」

さすがの大田も他人の母親には弱いのか、おろおろと手で眉を隠した。

「気のせいのわけないでしょう。そんなに剃《そ》って、どう見ても平安時代の人だわ。ね、先生。とにかくもう触るんじゃないよ」

母親からしたら、大田だって俺と同じ中学生なのだ。誰にでもダメ出しができる。母親っていうのは強い。

「わかってるって」

大田はしぶしぶうなずいた。

「世話の焼ける子がそろって、先生も本当お疲れさんだね。あ、そうそう、レモンのはちみつ漬け持ってきたんだった」

アクエリアスを配り終えた母親は、次はタッパーを出してきた。

「おお、僕、おばちゃんのはちみつレモン好き」

俊介は右手にカロリーメイトを握ったまま、左手ではちみつレモンをつまんだ。

「そりゃよかった。すっきりするからね」

「ありがとうございます」

桝井もレモンを手にした。母親のお節介には恥ずかしくなるけど、みんながおいしそうに食べているのを見るのは息子としては気分がいい。

「ほら、あんたは早く眉毛が生えるように、人の二倍食べなさい」

母親は大田の口に無理やりレモンを押しこんだ。

「ちょっと、すっぱいって。ああ、もう、自分のペースで食わせろよ」

レモンで口をいっぱいにされ、大田は目を細めた。

「あんたは食べないの？」

母親は渡部にも声をかけた。

渡部はテントに入らず、俺たちと少し離れたところで弁当を広げている。試走の時でも記録会の時でも、昼ごはんを食べるとなると、渡部は俺たちと距離を取る。持ってきている弁当がしょぼいわけではない。カロリーメイトやウイダーインゼリーやバナナにおにぎり。そんな適当なものを持ってきている俺たちと違って、渡部はいつもきちんとした弁当を作ってもらっていた。

「いや結構です」

渡部は首を振った。

「遠慮してんの？」

母親がでかい声で言うのに、渡部は「いえ、いらないんです」ともう一度断った。前、俺が勧めた時だって、渡部は口にしなかった。我が家のはちみつレモンなど、食べるべきものじゃないと判断しているのだ。

「あいつお坊ちゃんだから、こういうださい物、食わないんだ」

「あんたね、なんでも簡単に人のことを片付けんじゃないって」

嫌味っぽく言う俺の頭を母親はいきおいよくはたいた。

「何すんだ。今ので馬鹿《ばか》になっただろう」

「よく言うわ。これ以上あんたが馬鹿になるわけないじゃない」

「どういう意味だそれ？」

俺たち親子が言い合うのに、みんなは大笑いした。大田だって口元が緩んでいる。参加してよかった。やっぱりみんなと何かをするのは最高に楽しい。俺も「馬鹿は遺伝だ」と言いかえしてから、けらけら笑った。

6

いよいよ駅伝大会が明日に迫り、本番を控えて、学校では壮行会が行われた。部長である桝井が大会への意気込みを語り、校長や生徒代表からのありがたい言葉が送られた。去年は応援する側だったのに、今はみんなの前に立っている。俺は身体がきゅんと引き締まるのを感じた。

明日は最高の走りを期待している。みんなで応援している。君たちは我が中学の誇りだ。そういう言葉は俺を奮わせた。責任の重さに最初は断ったけど、引き受けてよかった。期待されるのは悪いことじゃない。そんなことを考えていると、突然大田が動きはじめた。大田の足は出口に向かっている。まだ壮行会は終わっていないというのに、どうしたっていうんだ。

「大田、まだだって」

桝井が声をかけると「うるせえ」と大田が怒鳴った。いったいなんなんだ。何が起こっているんだ。ただ静かに壮行会が行われていただけで、大田がキレるようなことは何もないはずだ。それなのに、大田はどんどん熱くなって、声を張り上げている。桝井がなだめるのも小野田が止めるのも振り切って、でかい声で叫んでいる。

俺はわけがわからず目の前の状況を眺めていた。しかし、「くだらねえ」「やってられねえ」「もう走んねえ」そういう大田の言葉が耳に届くたび、俺の中でも何かが沸《ふっ》騰《とう》しはじめた。ちょっと待てよ。一番走りが遅くて能力のない俺が、それを承知で走ろうとしているのに、大田が何を言ってるのだ。どうして走りたくないなどと主張しているのだ。だいたい今ってそういうわがままが言える場か？　大田だからって、なんでも通るわけじゃない。

「どうでもいいけど、いい加減にしろよ」

気づいたら、俺はそう言っていた。

「は？」

「今さらやめたとか、ふざけたことぬかすなって」

「なんだ、お前？」

大田は俺のほうへ身体の向きを変えた。目が血走って赤くなっている。だけど、不思議なことに、近づいてくる大田を怖いとは思わなかった。勝手なことを思いつくままに叫んでいるやつにしか見えなかった。

「お前、何か俺に文句あんのか？」

大田は当然のことを訊いた。

「当たり前だ。大田がいい加減なことすると、俺らにも迷惑だ」

「てめえ、何様なんだ」

大田は俺の胸倉を摑《つか》んだ。大きなケンカなどしたことない俺は、胸倉を摑まれたことなど一度もない。それなのに、痛くもかゆくもなかった。どうして今こんなこと言うんだ。明日にはみんなで走らなくてはいけないのだ。頭にあるのはそれだけだった。

「ここまできてぎゃあぎゃあ言うな。明日なんだぜ。腹くくってやれよ」

今になって駅伝に出ないなんて、ふざけている。そんなことになったらすべてが台無しだ。俺は大田を正面から見据えた。大田は目を細めて俺の表情をうかがっていた

かと思うと、
「やってられねえ！」
と吐き捨てて、体育館から走り去った。

間違ってはないはずだ。当然のことを言っただけだ。けれど、大田が出て行った後、俺の前に冷えた空気があるのを感じずにはいられなかった。

壮行会が終わると、俺たち駅伝メンバーはそのまま体育館の隅に集まった。

「みんなの前であんなふうに言ったら、大田先輩も出ていくしかなかったよな」

俊介がぼそりと言い、上原も「大田君変にプライド高いからね」と言った。

ちょっと待て。俺のせいなのか。俺のせいで大田が出て行ったのか？

「せっかく大田ここまでがんばったのにな」

心配そうによってきた小野田も、口をはさんだ。

「ジローの言うとおりだと思うけど、今大事なことは、大会に出ることだろう？　大田にへそを曲げられたらどうしようもない」

桝井も苦々しい顔をした。桝井にまでそんなこと言われるなんて、俺はくらくらした。あの大田ががんばって走ろうとしているのに、ちょっとぐれたぐらいで責めることはないだろう。どうして大田のがんばりをつぶすんだ。それがみんなの意見なのだ。

授業をふけて、乱暴して、規則なんて守ろうともしない。そんなことがおおっぴらに通って、そういうやつらが少しまじめにやれば褒められる。それが中学校ルール。なんでもOKな俺は黙ってやることをやればいい。そういうことか。さすがの俺も投げ出したくなった。思わず乱暴な言葉が口から出そうになった。その時だ。

「お前ら馬鹿じゃね？」

冷ややかな渡部の声が響いた。

「本当馬鹿すぎて吐き気がする。ジローが100パーセント正しいだろ？　なんでそれに意見するわけ？　ここどこだよ。中学校だろ？　強いやつの機嫌とることが大事なのかよ」

渡部が苛立《いらだ》ちながら言うのに、みんな黙ったままだった。誰も視線を合わせることもしない。息苦しくて、体育館の中は窒息しそうだ。

「そうだね。そうだよ、渡部君の言うとおり。それよりさ、練習しようよ。ほら、今日は1000を一本走って終わりなんだし。大会は明日だよ明日」

上原は空気を変えようとぱちぱち手をたたきながら、陽気に言った。だけど、心が揺れまくっている俺らには、そんな言葉は表面を滑っていくだけだった。

「今できることとしよう。ここでうじうじしてても何もならないし」上原が景気よく言って、「そうだそうだ。ほら、いつまでも体育館にいるなよ。片付かないしなー」と小野田もおどけてみせた。けれど、重い空気は変わらなかった。

たぶん最悪の事態ってこういうのだ。どかんと穴に落ちてしまったのに、すぐそこに本番がやってきている。俺たちが解決できようができまいが、明日には大会がやってくる。その事実だけは変わらない。

「あ、あの、大田君は来るよ」

黙って立ち尽くしているみんなに、設楽が消えそうな声で言った。

「あいつにそんな責任感なんかねえよ」

渡部は設楽の言葉をはねのけた。残念ながらみんな同じように思ってるのだろう。誰も反論しなかった。

「そうじゃないよ。大田君、走るのは好きだから」

設楽は顔を上げて、俺らの目を見てそう言った。

桝井がなんとか取り戻そうとみんなに声をかけ、俊介がそれに合わせてテンションを上げ、上原がむやみやたらに励まして、俺たちはどうにか1000を一本走った。

大きな不安があるのに、全員でそれに気づかないふりをして明日の最終確認をすると、みんな何も言わず静かに解散した。

「なんか、ありがとな」

校門を出たところで、俺は渡部に声をかけた。

「何が？」

「かばってくれたじゃん」

「どうでもいいことだ」

渡部はかばんを担《かつ》ぎなおすと、足を進めた。

「渡部が俺の味方みたいな発言するなんて、驚いたけどな」

「そうか？」

「そうかって、お前俺を目の敵にしてるだろ？」

こいつ、とぼけてるんだろうか。俺は渡部の今までの俺に対するひどい言動をあげた。

「そういや、そうだな」

「いつもなんでここまで言われなきゃいけないんだって思ってたんだぜ」

「俺さ、ジロー見てるといらいらするんだ」

渡部は躊躇《ちゅうちょ》なく言った。なんてストレートな告白なんだ。嫌われてるのは百も承知だけど、はっきり言い過ぎだ。

「俺、何か気に障《さわ》ることしたっけ？」

俺はおずおずと尋ねた。

「いや、そうじゃないけど。なんていうかさ、ジローいつでもなんでも引き受けるだろう」

「まあ、それが俺の癖だからな」

「人数合わせに厄介な仕事。そういうのに、ジローが便利に使われるたび、いらいらしてた」

だったら、渡部はほぼ毎日いらついていたにちがいない。意外なことで人をいらだたせるものだ。

「俺お調子もんだからな」

俺は頭をかいた。

「まあな。だけど、それをいいことに周りのやつらはなんでもジローばかりにやらせてさ。ジロー、人の何倍も面倒なことして、損してるって、頭に来てた」

「なんだそれ？　心配してくれてるってことか？」

俺が訊《き》くと、渡部はため息をついた。

「でも、お前、全然損なんかしてないんだよな」

「ああ、まあ」

「大丈夫だよ、ジロー」

渡部は足を止めた。

「何がだ？」

「明日、大田が来ても来なくてもさ」

「来ても来なくても？」

大田が来なけりゃ駅伝は成立しない。どこがどう大丈夫なんだと俺が首をかしげるのに、

「どっちにしても、ジローは正しい」

渡部はきっぱりとそう言った。

渡部に正しいと言ってもらえた。それで十分だった。俺のプライドなんていくらでも折り曲げられる。そもそもプライドなんて中学生には必要ないし、いくらでも曲げ伸ばしできてこそ、本当のプライドってものだ。

俺は渡部を見送ると、また学校まで走って戻った。

「先生、ちょっと」

職員室の入り口で手招きをして呼びよせると、

「あれ、ジローまだ帰ってなかったの?」

と、怪訝《けげん》な顔をしながらも上原は来てくれた。

「まあな。それよりさ、今日、家庭訪問行くだろ?」

「え? どこに?」

「どこにって、大田の家」

「そんなの、担任の先生が行くんじゃないの」

上原の言葉に、俺はずっこけそうになった。

「いやいやいや、行くだろう。駅伝のことで、帰ったところあるじゃん」

「そっか、じゃあ、行こうかな」

「そう。当たり前だ」

「だけど、会いに行ったら、ますます大田君意地になりそうだしな」

「でも、行かないと絶対来ないって。あいつみんなに声かけられるの待ってるところあるだろ?」

「確かに。大田君かまってほしいオーラ出しまくってるもんね。よし、じゃあ、行くよ」

上原がはりきって言うのに、俺は「さりげなくね。さりげなく行くんだぜ」と念を押した。上原なら「待ってたでしょう？　ちゃんと来たよ」ぐらいのこと言いかねない。

「でさ、ああ、何がいいかな。大田が来たくなるようなことしなくちゃな」

「来たくなること？」

「そう。大田の機嫌が直って、明日やろうって思えるようにさ」

みんなと同じように、俺だってわかってる。大田が自分で築き上げてきた鎧《よろい》をどんな思いで外していたかを。居場所のなさに戸惑って、どんな顔をしたらいいのかわからないまま俺たちの輪に入っていたことも、照れくささやばつの悪さを押し殺しながら練習していたことも。そして、それ以上にこの駅伝をよりどころにしていたことを。だから、ちゃんと大田に走らせてやりたい。俺だって大田と一緒に走りたい。

「そうだ。王将だ王将。ほら、なんかヤンキーってラーメン好きそうじゃん。王将連れてってラーメンごちそうしたら走るんじゃないかな。大田って単純だからおなかがいっぱいになったら機嫌よくなるよ」

「なんかすごい偏見だけど」

「そっか。やっぱりだめか」

俺が次の手を考えようとすると、上原は「そんなことジローが考えることじゃないよ」とさえぎった。

「え？」

「これはさ、私に任せておいて」

「先生に？　って大丈夫かよ」

「うん。珍しく私の出る幕っていうか、やるべき仕事だって気がするから」

今までにもたくさんそういう場面があっただろうと思いながらも「そうかな」と俺はうなずいた。

「明日なんだから、今日はジローも早く帰ってゆっくり寝てよ」

「ああ」

「これでジローが寝不足とかだと意味ないからね」

「わかってる」

「ジロー。ありがとう」

上原はにこりと笑うと、「心配しないで」と言った。

翌朝、集合時間の五分前に、大田はやって来た。

予想どおりだ。大田は、来るなら今まで自分を包んでいたものを捨てきって来る。それができないなら来られない。そのどちらかだと思っていた。大田は俺たちのほうを見ようともせず、ただまぶしそうに目を細めている。どんな顔をしていいのか、わからないのだ。

「おっす、大田」

俺はかぶっていた帽子を取って、大田と同じようにきれいに剃った頭を見せた。

7

大田から受け取った襷《たすき》は重かった。この一瞬に俺たち以上のものをかけているのだ。駅伝いい加減なことばかりやってきた大田にとって、この駅伝の持つ意味は大きい。駅伝にかかわっていた時間は、大田にとって唯一《ゆいいつ》中学生でいられた時間だったにちがいない。いや、まだこの時間は続く。上の大会に進んで、あと少し大田にこういう思いをさせてやりたい。

そう意気ごんではみたけど、駆け出して500メートルも行かないうちに、俺は後ろにいた三人に抜かれた。記録会でも俺よりずっと速かったやつらだ。こいつらと同じように走っては、最後までもたない。俺は軽く腕を揺らして、はやる気持ちを抑えた。

３区はなだらかなコースだから、勝負をかけてくる学校も多い。だけど、ペースを崩すな。桝井がスタート前に言ったことを思い出して、俺は一歩一歩足を進めた。俺を抜いたやつらはずいぶん前に進んでいるけど、これでいいのだ。まだ五位なのだから落ち着いていこう。今の俺は自分のペースがわかっている。ど素人だったころの俺とは違うんだ。焦《あせ》って台無しにするな。大事に走らなくてはいけない。これは記録会でも試走でもなく、本番なのだ。

俺が走る道の横には田んぼが広がっている。来週に稲刈りをする家が多いのだろう。刈られるのを待っている稲穂がきらきらと日の光を受けている。いい風景だ。田舎から早く出ていきたいと言っているやつらも多いけど、俺はこの地域を気に入っていた。すぐ間近に川があり山があり田んぼがあって、それぞれ季節ごとに違う香りがする。俺は思いっきり田んぼの香ばしい匂《にお》いを吸い込んだ。

１キロ地点を俺は試走より一割ほど速いペースで通過した。いいペースで走っているはずだ。しかし、１キロ通過直後のゆるいカーブで後ろにいた集団にとらえられた。そして、カーブを曲がり切り体勢を立て直そうとしたところで、あっけなくその集団に抜き去られてしまった。

いくらなんでも抜かれすぎだ。俺を抜いた集団は六人。二位でもらった襷は、もう十一位まで落ちている。ペースを守ったって、こんなに後ろに追いやられたんではどうしようもない。俺は何とか取り戻そうと、ピッチを上げた。だけど、前を行くみんなも同じようにスピードを上げている。いくら加速しても追いつかない。これ以上離されたら、やばい。何とかしなくては。けれど、いくら加速しても追いつかない。どこの学校だって必死なのだ。いろんなことを乗り越えているのは、俺たちだけじゃない。前との距離は、俺の走力でどうにかできる範囲を超えている。俺は焦りと不安で心臓が速くなるのを止められなかった。

こんなの謝ったってすまないよな。みんなが懸命に練習していた姿を思うと、泣きたくなった。設楽や大田が繋いできたものを俺が崩してしまう。二人とも試走以上のいい走りをしたのに、俺がそれを無駄にしてしまう。そう思うと、逃げたくなった。だから、ほいほい引き受けるんじゃなかったんだ。

「岡下とか城田にはさ、なんて言って断られたんだ?」

夏休みの終わり、暑さと練習の厳しさでバテそうになった俺は桝井に訊いてみた。

みんながどんなふうにうまいこと断るのか知りたかったのだ。

「岡下にも城田にも頼んでないよ」

「そっか。あいつら短距離だもんな。じゃあ、三宅や安岡？　あの辺はなんだって？」

「なんだってって？」

俺と同じ練習をしたはずなのに、桝井は涼しい顔のまま首をかしげた。冷却装置でもついているのかと思うほど、桝井は真夏でもさらりとしている。

「どうやって駅伝を断ったのかと思ってさ。三宅って気が弱そうなのに、いざという時には断るんだな」

少し勇気を出して拒否すれば、後々しんどい思いをしなくてすむのだ。断るのは一瞬、引き受けたら一生だな。暑さに参ったせいか、俺はほんの少し後悔しそうになっていた。

「三宅にも安岡にも駅伝の話すらしてないよ。大田に声かけて渡部に声かけて、それでジロー。他には頼んでないけど」

「渡部の次が俺？」

渡部と俺の間に、足の速いやつなんて何人もいる。みんなに断られて、いく当てがなくなって回ってきたと思っていた俺は驚いた。

「どうして俺なの？　たいして走るの速くないのに」

「ジローならやってくれるだろうと思ったし」

「だって、誰にも断られてないんだろう？」

「そうだって言ってるじゃん」

「俺が三番目？」

ストレートで俺のところに依頼が来るなんて、不思議だ。俺が何度も訊くのに、桝井は笑い出した。

「そうだってば」

「すぐに俺に頼むなんて、そんなに断られるのが嫌だったのか？」

「まあ、ジローなら簡単に引き受けてくれるだろうって期待したのは確かだけど、だからってジローに頼んだわけじゃないよ」

「じゃあ、何だ？」

他に俺に駅伝を頼む理由などあるだろうか。俺は桝井の顔を見つめた。

「うーん、ジロー楽しいし、明るいし。ほら、ジローがいるとみんな盛り上がるだろ」

「そんなの走ることに何も関係ないじゃん」

「そうだな。でも、うまく言えないけど、やっぱりジローはジローだから」

いつも的確に答える桝井が困っている。でも、桝井の言いたいことはわかった。

高校に大学にその先の世界。進んで行けばいくほど、俺は俺の力に合った場所におさまってしまうだろう。力もないのに機会が与えられるのも、目に見える力以外のものに託してもらえるのも、今だけだ。速さじゃなくて強さでもない。今、俺は俺だから走ってる。

「ジロー、がんばれ！」

「あと1キロだよ！」

「ジロー、ファイト。ここからここから」

広い道に出ると、沿道には応援をする人が溢《あふ》れていた。俺にもいろんな声が届く。クラスメートの声、バスケ部の後輩の声、仲のいいやつらのおばちゃんやおじちゃんの声まで聞こえてくる。

「ジロー、しっかり！　前、抜けるよ」

あかねちゃんが叫ぶのも聞こえた。俺の告白を断ったって、あかねちゃんは俺を応援してくれるのだ。

「ちょっと、真二郎、あんた真剣に走りなさいよ！」

もちろん、一番でかい声を出しているのは母親だけど。

渡部が言ったとおり、俺は何一つ損なんかしていない。いつもの調子で引き受けたからこそ、今ここにいられるのだ。俺は身体《からだ》に神経を向けて、自分の残っている力を確認した。いける。ここから残り1キロ弱。ペースを上げても走りきれる。元気がいい走り。上原に褒められたように、思い切りのいい走りをしよう。俺は前を走る集団を見すえて、腕を大きく振った。

息を切らしながら走っているうちに、中継所が近づき渡部の姿が見えた。唯一俺が苦手とするやつで、唯一俺を心配してくれるやつ。今はどうだろう。走れもしないくせに引き受けてと、やきもきしながら見ているだろうか。いや、そんなことはない。俺が俺らしくやりさえすれば、渡部は認めてくれるはずだ。

「ジロー。いいぞ、そのままそのまま。ここまで」

渡部は手を振りながら、叫んでいる。早くあの手に襷を渡さなくては。俺は集団の中に突っこむのも気にせず、一心不乱に渡部をめがけて走った。

「頼む」

「了解」

渡部は手早く襷を受け取って、すぐさま駆け出した。これでもう大丈夫だ。渡部に襷をつないだとたん、俺の身体も心もすっとほぐれていった。

4区

やっぱりジローは光が溢れている。何人かが混戦して走ってきても、ジローがどこにいるかはすぐにわかった。3キロを走り終えようとしている選手たちには疲れが見えるし、最後の力を振り絞っている悲壮感がある。そんな中、ジローだけは元気いっぱいに走っていた。どこから太陽がさしたって、ジローには影なんかできない。

「頼む」

「了解」

俺が襷を受け取ると、ジローは表情を緩ませた。俺みたいなやつにそんな顔をするなんて、やっぱりジローはジローだ。

1

「カヴァレリア・ルスティカーナ間奏曲」。実にいい。最近は、「崖《がけ》の上のポニョ」とか「世界に一つだけの花」とか、流行曲の吹奏楽バージョンばかりやらされていたけど、こういうクラシックはまっすぐに響く。

一とおり吹きおわると、拍手が聞こえてきた。桝井と俊介だ。桝井は一学期の終わりから、毎日俺のところへやって来ている。

「走らない？」

俺がサックスを置くと、二人は声をそろえていつもの台詞《せりふ》を言った。

「いやだね」

「えー。走ってよ」

俊介はふくれっ面《つら》を作った。毎日断られているのに、飽きもせずによく同じリアクションができるものだ。

「吹奏楽部は十一月の音フェスまで部活があるんだ。のんきな体育会系部活とは違って、夏で引退じゃないって言ってるだろ」

「吹奏楽やりながら走ったらいいじゃないですか。それこそ一石二鳥です」

俊介は今度はにこにこ笑った。よく変わる表情のせいか、くるくると動く黒目の大きな目のせいか、一年しか変わらないのに俊介は幼く見える。

「無駄なエネルギーは使いたくないんだ」

俺はサックスを片付けながら答えた。夏休みの部活は午前中だけで、練習を終えた俺以外の部員はさっさと帰っている。

「無駄じゃないよ。吹奏楽だって肺活量いるだろう？　走りこめばサックス吹くのにも生かせるし、きっといいトレーニングになる。それに渡部にとっちゃ、走るぐらいなんでもないことじゃん」

桝井は勝手にピアノの椅子《いす》を引き出して座った。桝井も俊介も駅伝練習を終えた後で、Tシャツもハーフパンツも汗でよれている。

「走るのは苦じゃないにしても、駅伝やってるのって、お前らと設楽と大田だろう」

「すごいだろ？　そこに渡部が入れば最強になるってこと」

桝井は自慢げに言った。

「どこが最強なんだよ」

「渡部が走れば最強になるって。渡部、陸上部以外ではダントツに速いし」

桝井の言うように、俺は走りは速い。だけど、これは持って生まれた能力でどうしようもない。

「駅伝って速ければいいってもんじゃないだろ」

「そうなの？」

俺の反論に、俊介が首をかしげた。

「お前、陸上部なのにそんなことも知らないのかよ。俺はそのメンバー嫌いだし、心が繋《つな》がってないからだめだね。音楽だって何だって、心を繋げなくちゃ成功しない。駅伝なんて、もっともそういうのが出るものだろ」

「でも、渡部先輩浮いてるし誰とも繋がってなさそうだけど」

俊介は失礼なことを平気な顔で言った。

「心を繋ぐべき人間が、この狭い市野中学にいないだけだ。自分に合わない人間と心を繋いだって、何も生まれない」

俺が言うのに、桝井はにっこり笑った。

「別にいいんだ。心は繋がなくても、襷さえ繋いでくれたら。学校行事だからさ、やっちゃってよ」

「本当にしつこいな」

「そう、しつこいんだ。うんと言うまでこの状況は変わらないよ」

桝井が言って、俊介も「そうだそうだ」と加勢した。

去年も当時陸上部顧問だった満田に、駅伝に参加するよう言われた。お前は陸上向きの身体なんだ。それを生かさないでどうするって。もちろん俺はかたくなに断った。

好きで陸上向きの身体をしているわけでもないし、駅伝なんて俺のイメージに合わない。満田は屁理屈《へりくつ》が嫌いだから、俺が御託を並べているうちに、「お前は何様だ」とあきらめたけど。

「俺、もう帰るけど」

俺は音楽室の机を並べはじめた。夏休みは練習が終わったとたん、みんな飛んで帰る。おかげで机が乱れ放題だ。俺だって早く帰らないと、家で昼ごはんが待っている。

「本当は走ってもいいかなって、思ってるくせに」

桝井は窓を閉めるのを手伝いながら言った。

「さあな」

「渡部にとっちゃ、走るぐらい簡単にできることなのに、力貸してくれてもいいだろ」

「力を貸す?」

「そう。走るのは嫌でも、人助けは悪くないだろ」

桝井は最後の窓に鍵《かぎ》をかけると、「頼むよ」と俺に手を合わせた。

誰かに物を頼まれるということは悪くはない。走ることぐらい軽くできるのだからやってもいいはずだ。でも、駅伝ってどうなんだ。泥臭くないか? 俺は駅伝風景を頭に描いて、「やだね」と突っぱねた。駅伝には汗や涙や努力が付きまとっている。

「じゃあ、また明日だな」

桝井はそう言うと、「腹減ったー」と俊介と一緒に出て行った。


翌日、いつも桝井たちが来る時間に上原が音楽室にやってきた。

「渡部君、そこそこ上手だね」

上原は音楽室に入ってくると、俺がサックスを吹いているのにもかまわず、声をかけてきた。桝井と俊介ですら曲が終わるのを待っているというのに、場を読めないやつだ。

「何か用？」

俺はこれ見よがしにため息をついて、サックスを置いた。

「渡部君、足速いんでしょう？　駅伝してよ」

上原は単刀直入に言った。

「先生に勧誘されるのは意外だな」

「そう？」

「先生、美術の先生だろ？　陸上部顧問でも、少しは文化系部活のことも理解してるのかと思ってた」

俺は嫌味っぽく言ってやった。

「ああ、してるしてる。文化系の部活ってなんか肩身狭いよね。中学校ってスポーツ至上主義だなってよく思うもん」

「そうなんだ」

俺は自分で言っておきながら、そんなものだろうかと首をかしげた。俺は吹奏楽部員だからって、肩身の狭い思いなどしたことない。

「だってほら、美術部はすぐに廃部になるけど、男子バレー部なんてたった五人で継続してる。それに、スポーツの大会前には壮行会があるのに、音楽フェスティバルの前には何もない。スポーツで記録出せば大騒ぎだけど、美術コンクールとかで賞取ったってへえって感じだもんね」

上原は次々と並べた。

「だったら、俺を駅伝に呼びこむのなんておかしいじゃん」

「まあそうだけど、走ってよ」

「なんだよ、それ。めちゃくちゃだ」

こいつの言うことを聞いてもしかたない。俺はサックスをケースに入れた。

「やっぱりおかしいかな。桝井君に先生の売りは美術教師だってとこだから、芸術家っぽい感じで迫るんですよって言われたんだけど、いまひとつやり方がわからなくて」

上原はそう言って小さく笑った。どうして裏事情を言ってしまうんだ。そこは秘密にしておくところだろう。そうあきれかけて、俺は上原の顔を眺めた。いや、違う。こいつ、確信犯だ。自分の手の内をオープンにしておいて、俺の心も開かせようという魂胆だ。

「とにかく俺は走るより音楽のほうが好きなんだ」

そんな手に乗るものか。俺はきっぱりとはねのけた。

「なるほどね。でもさ、闇《やみ》にいないと光が描けないように、音の中だけにいちゃ、本当の音楽は奏《かな》でられないでしょう」

「何の話だよ」

突然始まった上原の話に、俺は眉《まゆ》をひそめた。

「本当の芸術っていうのは、芸術の中だけで生まれるんじゃないんだよ。音だけに囲まれた中で生まれた音楽は誰の心も打たない。違うかな?」

「さあ、まあ、そうだろうな」

「どれだけ他から吸収できるか。そしてそれをどう表現するかっていうのが、大事なことでしょう？　だから、音楽と離れて走ることで」

上原はまじめに話していたかと思うと、けたけたと笑い出した。

「なんなんだよ」

「いや、いかにも芸術家っぽいことを言ってみようとしたんだけど、インチキくさくて自分で笑ってしまった」

「あのさ、俺、暇じゃないんだけど」

「ごめんごめん。でもさ、渡部君、そんなに芸術にそまってるわけでもないでしょ」

上原は俺の顔を見上げた。小柄な上原は俺より頭一つ分小さい。

「なんだよそれ」

「音楽得意なふりして、みんなが帰った後も練習しないとついていけないって、大変だなあって思って」

「ついてくために練習してるんじゃないから。レベルの低いやつらと一緒に吹いててもしれてるから、一人でやってるだけだ」

サックスは他の楽器より簡単に吹ける分、うまい下手が目立つ。みんながこだわらない微妙なところまで俺は気になる。だから練習してるだけだ。

「走るのなら、こそこそ練習しなくてもすぐにできるのにね」

「だから、こそこそじゃないって」

こいつ何が言いたいんだ。俺はさすがにいらついてきた。

「じゃあ、渡部君って、何のために芸術が好きな感じにしてるの？」

「は？」

「どうして必死で知的な雰囲気を出そうとしてるのかなって」

上原の言葉に、俺の胸の中に苦い感覚が広がった。

見抜かれている。俺は美術教師としての上原は認めていた。美術の授業で、上原がすっと線を一本入れるだけで、色を少し足すだけで、俺らの絵は見違えるようになった。この人は本当に芸術が好きなのだ。

「走ろう」

上原は言った。

「こうやって断ってたって、どうせ走らないといけないことになるんだし」

俺は何も答えられなかった。突然触れられたくない部分に接近されて、言葉が出なくなっていた。こいつはどこまで俺のことを見透かしているのだろう。

「渡部君の力がいるんだ。来てくれなきゃ、明日も明後日《あさって》も来るよ。そして、毎日同じようなことを言って、渡部君を嫌な気持ちにさせてしまう。今日よりも明日、明日よりも明後日、日が経《た》てばその分、もっと踏みこんでしまう」

　こんなの脅しだ。こんな手を教師が使っていいのか。こんなばからしい脅しに乗ってどうする。だけど、上原の通達は何よりも効いた。

　何度も迷って失敗して、まさに試行錯誤を繰りかえして、俺は今の俺をつかんだ。騒がずはしゃがず冷静で、音楽や美術が好きで知的であか抜けている。ハングリー精神はゼロで、無駄な努力はせず、いつも余裕が溢れている。ちゃんとなりきれているのか、これが正解なのかもわからない。だけど、こういう俺でいれば大丈夫なのだ。それを今、崩されては困る。

「大丈夫だよ。駅伝も渡部君に似合うから」

　上原はそう言うと、「じゃあ、明日ね」と出て行った。

2

　翌朝、校門前には陸上部のやつらと大田がいた。まだ部活は始まっていない時間のせいか、学校はいつもよりしんとしている。

「おお、やった！」

桝井と俊介は俺を見つけると、本当に嬉《うれ》しそうな顔をした。

「しつこく誘われるのは面倒だし、もしかしたら走ることも何か意味があるのかなって。まあ、そんな感じで来たんだ」

誰にも踏みこまれたくない。俺の中を知られたくない。ただそれだけの理由でここに来た。ばかばかしいけど、今の俺には何より重要なことだ。

「うんうん。意味あります」

俊介は無邪気に言った。

「走るぐらい、俺には簡単にできるしね。それで誰かを助けられるのならやるべきだしな」

どう言ったって、うまい言い訳にはならない。それがわかっていながら、俺は理屈を並べた。

「いいんだ、なんでも。渡部が走ってくれるだけで」

桝井はそう微笑《ほほえ》んだ。桝井の笑顔を見ると、不思議とこれでいいかという気持ちになる。俺は「そうだな」とうなずいた。

夏休みの間は野外走らしく、軽く体操をすると、俺たちは校門から外へとスタートした。長距離を走るのなんて体育の授業以来だけど、苦ではなかった。まだ七時を過ぎたばかりの空気は新鮮で、気持ちよく走れる。これぐらいの速さのジョグなら、負担もない。俺は流れるように足を進めた。

学校の前の道を下り、国道を抜け、裏の山を越えるのがコースのようだ。緩い坂もあるし、長い下りもある。なかなかいいコースだ。しかし、国道を抜け山へ続く道にかかって、俺ははっとした。山に上る手前には古い民家と田畑が並んでいて、そこには俺の家もある。このままでは家の前を通ることになる。俺はぐっとスピードを落として、みんなとの距離を取った。もしもばあちゃんが畑に出ていたら大変だ。俺を見つけたら、ばあちゃんは声をかけてくるにちがいない。みんなが先を行くのを確認すると、俺は息をひそめながら家の前を通過した。幸運なことに、ばあちゃんは外には出ていなかった。

山を上る道の途中で、先に自転車で出発した上原がいた。みんななんだかんだ言いながら、上原を追いこしていく。足に力がないから、上原が漕《こ》ぐ自転車はふらふらと揺れている。駅伝がまるで似合わないやつだ。

「やっぱり渡部君、余裕だね」

俺が横を走りすぎようとすると、上原はそう言った。

「ああ、まあな」

俺は今まで以上に涼しい顔をしてみせた。

「渡部君、何より力があるし、走ったらいい経験になるし、みんなに求められてるんだからって、本当はそんなふうに言いたかったんだ。だけど、時間がなくて、背に腹は代えられなくて。申し訳ない」

上原はペダルを漕ぎながら、俺に頭を下げた。

「別に先生に言われてきたわけじゃないから」

「もちろん、そうだね」

「出場できなかったらかわいそうだし、力を貸してやらないわけじゃない」

「うん。そのとおりだと思う。あーもうだめだ。先行って」

自転車は一向に進まない。上原は漕ぐのをあきらめて、サドルから降りた。

言われなくても先に行く。なるべくこいつには関わりたくない。ただ一つありがたいことは、上原が熱血教師でも、生徒の身になる教師でもなかったことだ。おかげで「自分らしくしろ」とか、「本当の自分を出してよ」なんて言われずにすんだ。

俺は上原を追いぬくと、少しスピードを上げた。ジョグなら自由自在に速さを操れる。上りだろうと下りだろうと関係なく走れるし、身体のどこにも疲れなどなかった。

俺はみんなの評価以上に陸上向きの身体なのかもしれない。いろいろなことはおいて、自分の持っている力を感じるのは、悪くなかった。

3

俺が参加して十日も経たないうちに、最後のメンバー、ジローがやって来た。ジローはそれほど足が速いわけでもないし、がっちりした身体で長距離に向いているとも思えない。きっといつものように、うまいこと言われて引きこまれたんだ。それにしても、夏季大会が終わってすぐに参加するなんてどうかしている。せめてもう少しもったいつけて自分の価値を上げろよな。他人事《ひとごと》ながら俺はいらついた。

「今日も長いほうのコースかよー」

スタートを切ってすぐに、大田が文句を言った。最初は10キロ程度だった野外走も、今は20キロ近く走っている。学校裏の山を下ったところで休憩を入れて、残り半分は少しペースを上げる。それに疲れを感じはじめているやつもいるけど、俺はなんでもなかった。ジョグペースの野外走なんて、何キロ走っても朝飯前だ。

俺はいつもどおり、一番後ろからゆったりと走った。初日ぐらいは無理にやっている感じを出せばいいのに、ジローは機嫌よく走っている。本当に気楽なやつだ。

山を下りいつもの休憩地点に着くと、みんな足を投げ出して座った。休憩場所になっている山のふもとは、木々がうっそうとしていて、夏を忘れさせるぐらいひんやりしている。俺たちの町は山間《やまあい》にあるおかげで、暑さを避けられるところがあちこちにある。俺も木の根元に腰かけた。じっとしていると、汗が静かに引いていくのがわかる。

「上原先生が到着するまで休憩ってことで」

桝井が言うと、みんな足を叩《たた》いたり、軽いストレッチを始めた。そんな中、俊介が騒ぎだした。

「うわ、とげが刺さってる！　ほら、見て見て」

「うるせえな。とげぐらいで死なねえだろ」

大田がうっとうしそうに言うのに、

「でかいんだって」

と、俊介は手の平をみんなに見せた。

「どこ？」

「ここです。茶色くなってる」

俊介は桝井にとげをアピールした。

「本当だ。でも、上原先生、救急箱持ってきてないだろうし、ピンセットとかないだろうな」

「やばい、どんどん取れなくなる」

俊介はとげを指で抜こうと必死だ。そんなことしても奥に入るだけなのに、こいつはそんな簡単なことも知らないのだろうか。

俊介がとげと格闘しているところに、上原が自転車でよろよろとやってきた。やっぱりかごは空っぽだ。桝井と俊介はそれを確かめると、落胆の声を出した。

「学校戻って、保健室で抜いてもらったらいいよ」

上原が言うのに、俊介は「手遅れで一生取れなくなったらどうしよう」と嘆いた。そんなことになるわけないけど、案外とげは気になるものだ。

「先生、五円玉ある？　五十円でもいいけど」

俺は見かねてそう言った。

「五円玉？　えー、どうかな」

上原はそう言いながら、ポケットを探って、じゃらじゃらと百二十八円を出してきた。上原がだらしないやつでよかった。

「どこだよ」

俺が五円玉を手に近づくと、俊介は怪訝《けげん》な顔をした。

「え？」

「とげ、どこ？」

「ここだけど」

俊介は手の平を俺の顔の前に広げた。大騒ぎしていた割には、たいしたことない。

俺はとげの周りに五円玉の穴を当てて、ぐっと押した。まだ刺さったばかりのとげは、ひょいと飛び出る。それを爪《つめ》でつまんで抜いてやった。それだけのことなのに、周りから歓声が上がった。

「おお」

「すげー」

その声に俺はどぎまぎした。これはよくやることではないのだろうか。

「渡部すげえな。これってマジックかよ」

ジローは五円玉を俺から取り上げると、もの珍しそうに眺めた。大田ですら不思議そうに俊介の手を見つめている。

「なんか、おばあちゃんの知恵袋みたい」

とげが抜けた俊介が嬉しそうに言うのに、俺はどきっとした。

「は？」

「いや、おばあちゃんとかが知ってそうな技だなって」

「なんだよそれ。全然違うから」

「褒めたんです。ありがとうと思って」

俊介は俺に突っぱねられて困惑していた。そりゃそうだ。こんなことに反応してどうする。俺はふっと息を吐いて、気持ちを落ち着かせた。

「ねえ、早く行こうよ。もういいでしょ？」

散々待たせておいた上原は、もう自転車にまたがっていた。

4

俺や大田やジローにとって、初めての記録会が二学期最初の土曜日に行われた。実際の駅伝と同じ3キロを、他校の生徒と競技場で走る。

「渡部、三組でエントリーする？　それぐらいで走れるだろう」

競技場に到着すると、桝井は俺に訊《き》いた。

参加者は四つのグループに分けられる。九分台で走るやつが一組、十分前半が二組、十分後半が三組、それ以外が四組というのが目安のようだ。

ジローは早々と四組にエントリーしていた。俺たちの中で十一分かかるのはジローだけだ。陸上部のやつらは一組や二組、大田も三組にエントリーしている。最初の記録会で、走る前に違いを明確にすることもないだろう。

「俺、陸上部でもないし、四組にするわ」

「四組？」

俺の申し出に、桝井は不審な声を出した。

「こういうレースで走ったことないから」

「渡部、二組でもいけるくらいだよ。勝負の場では、自信過剰なぐらいがいいのに」

「いいんだ。初回だから」

桝井は「渡部がそう言うんなら」と言いつつも、腑《ふ》に落ちないようだった。

「渡部先輩は世話好きなんですよね」

俊介が俺をかばうように言ったけど、俺は耳慣れない言葉に、そっくりそのまま聞き返した。

「世話好き？」

「そう。面倒見がいいってことです」

世話好きに面倒見がいいって、どういうことだ。あまりに自分とほど遠い言葉に、俺はどう反応すべきか戸惑った。俊介はそんな俺に、「いいことですよ」と微笑んだ。

四組のレースは想像以上にめちゃくちゃだった。一組や二組に出ているやつらとは、走り方が根本的に違う。何人かがわけもわからず飛ばし、それにつられるやつらと正しい走りがわからなくなっているやつらで、レースは完全に乱れていた。ジローは桝井に言われたとおり、様子を見まくっている。お前のペースはそんなんじゃないだろう。相変わらず馬鹿《ばか》だな。俺はあきれつつ、自分自身のペースを確認した。先頭集団は速すぎるし、不安定だ。あの集団にいては、自分の走りができない。後方について、最後で上げよう。

1キロを通過したころから、周りは減速しだした。最初に飛ばしすぎたのだ。あの速さで3キロが走れるわけがない。一定の速度で走るだけで、俺は先頭に近づいた。このまま最後に追い上げたら、五位には入るな。残り1キロ。身体にはまだ疲れがないし、呼吸も上がりきっていない。そろそろ行くか。俺は体重を前にかけながら腕と足を大きく動かした。前を行くやつらには、力は残っていなかった。一人抜き、二人抜き、あっけなく俺は二位でゴールした。

「最初なのに走りなれてるな」

ペースを乱さず3キロを走りきった俺に、桝井も俊介も驚いた。

「まあな」

「3キロがなじんでる走り方だった。すごいよ」

桝井は手放しで褒めてくれたけど、まさか吹奏楽部の俺が3キロを走りなれているわけがない。

「頭がいいと、走ってなくても距離とかの感覚がわかるんだ」

俊介が言うのに、「そうだな」と答えつつ、俺はちらりと設楽の顔をうかがった。

昨日の夜、俺は3キロを三本走った。夏の間の野外走は、ひたすら距離を走っていただけだ。3キロを走れる持久力はついてはいるけど、それで3キロのペースがつかめるわけがない。ただの記録会だとは言っても、話にならない走りはしたくはない。せめて3キロの感覚を身体に覚えさせたかった。

完全に日が落ちるのを待って、俺は家をスタートした。田舎の夜は暗い。夜遅くまでやっている店などないし、外灯があるのは大通りだけで、あとは静まりかえっている。それでも、人に出会わないように、俺は大通りを避けて暗い畔道《あぜみち》を走った。ところが、田んぼを通り過ぎ、いつも野外走で走る山道へと続く坂を上ろうとした時、設楽に出くわした。設楽は夢中で走っていたし、俺は逃げるように道を曲がったから、気づかれたかどうかはわからない。でも、俺にとっては大きなミスだった。がんばることが格好悪い。思春期にありがちなそんなぬるい思考じゃない。人知れず苦労しているところを知られるなんて、俺にとっては死活問題になる。俺はそういったがつがつしたものとは、無縁でいないといけないのだ。

設楽は俺と目が合うとどぎまぎしたように、顔を伏せた。いつもおどおどしているから、真意はわからない。でも、設楽は人に何かを告げるやつではない。それだけでもいいとしよう。俺はそう自分を安心させた。

全員でダウンを済ませると、バスが来るまでの間、昼ごはんとなった。みんなテントの中に座り、なんだかんだと騒ぎながら鞄《かばん》から食べ物を出した。ウイダーインゼリーにカロリーメイトにコンビニのおにぎり。昨日配られた記録会のお知らせのプリントには、持ち物に簡単な昼食と書かれていた。なるほど、こういうのが簡単な昼食か。体育系部活に所属していない俺は、わかっていなかった。俺は自分の鞄をテントからそっと取り出すと、みんなから離れた木陰に腰かけた。

「渡部、一緒に食べればいいじゃん」

桝井はそう言ったけど、まさかこの弁当をみんなの前で広げられるわけがない。

「そんな密集して食えるわけないだろ。暑いのに」

俺はそう言うと、こっそり弁当箱を広げた。

やっぱりだ。弁当箱の中にはバランスよくおかずが入っている。疲れが取れるように梅干を巻いた豚肉。身体の熱を取ってくれるようにきゅうりとなすの甘酢漬け。糖分で落ち着くようにとサツマイモの煮物。走ることを考えて作られた手の込んだものばかり。

「うわ、おいしそう」

俺がぼそぼそ食べていると、俊介がカロリーメイトをかじりながら寄ってきた。

「なんだよ」

「一人で食べるの寂しいだろうなと思って」

「そんなわけないだろう」

俺は食べるスピードを上げた。俊介に弁当をさらしたくはない。残して帰りたいところだけど、ばあちゃんはいつもより早く起きて作っていた。

「そんなに慌《あわ》てて食べたら身体に悪いですよ」

「どうでもいいだろ」

「せっかくごちそうなんだから味わって食べればいいのに」

「お前に関係ない」

「そりゃそうですけど」

「お前、食うものないのかよ」

急いで食べる俺の弁当の中を俊介はじっと見ている。視線に我慢できなくなって、俺は弁当を俊介に差し出した。

「食べていいんですか？」

「ああ。勝手に食えよ」

「やったね」

俊介はすぐさま豚肉をつまんで口に入れると、「うわあ、すごいおいしい」と感激した。

「あ、そう。よかったな」

俺は急いでご飯を口に放りこんだ。早くこの場を切り上げなくてはいけない。

「あれ？　でも、なんかつんとする」

俊介は鼻を動かした。

「なんだよ」

「なんだろう。何かの匂《にお》いがする。なんだっけ、これ」

「気のせいじゃないのか」

俺はとぼけてみせたけど、それはわさびだ。弁当箱のふたには、中身が腐らないようにと、わさびが塗ってある。まさにおばあちゃんの知恵だ。俺は俊介が嗅《か》ぎ付ける前に、弁当箱を片づけた。

5

三階にある音楽室からは、グラウンドが見渡せる。グラウンドを囲む木々も色が褪《あ》せ始め、注ぎ込む西日も夏の勢いが弱まっている。もう九月も半ばに入ったのだ。

俺はサックスを吹きながら、時々グラウンドを見下ろした。夏の大会後、三年生が抜け一、二年生だけとなった新チームも少しずつ形ができている。野球部の練習中の声も大きくなり、片隅で素振りをしているテニス部にも一定の流れができてきた。中学校はもう新しい世代に移っている。もうすぐ俺たちも、次の場所に向かっていくということだ。

部活終了五分前の放送が流れて、桝井と設楽がグラウンドの真ん中へと走るのが見えた。バスケ部の練習に顔を出していたのだろう、ジローは体育館のほうからやってきた。グラウンドの隅で寝ころんでいた大田もだらだらと身体《からだ》を起こしだしている。

駅伝練習は部活の後に行われる。三年生で部活があるのは吹奏楽部だけだ。走るだけなのだから、全員でやらなくてもいい。俺の練習が終わるのなんて待たなくてもいいのに。そう思いつつも、みんながそろい始めるのを見ると落ち着かなかった。

しかし、吹奏楽部も音楽フェスティバルを控えて、練習に熱が入っている。部活終了のチャイムが鳴ったというのに、顧問の澤田《さわだ》の話はまだ続いていた。

「もっと深めなさい。それが音に繋がるから。楽器を触っていない時もイメージしなさい。それが曲に繋がるの」

澤田は冗談みたいなことをまじめに語っていた。吹奏楽部員はほとんど女子で、澤田を崇拝しているやつが多いから、みんな熱心に首を縦に振っている。だから話が伸びるのだ。

「音楽でもなんでも芸術っていうのは、見えている部分だけで作り出すものじゃないのよ」

上原だったら言いながら爆笑しているところだけど、澤田はくすりともしなかった。

俺は音を出さないようにこっそりとサックスを片づけた。もうみんなは集まっている。急がなくてはと音楽室を最短で出ていく経路を確認している自分に、はっとした。何を慌てているんだ。これじゃ走りたくてしかたがないみたいじゃないか。もっと落ち着いて堂々としていよう。でも、人を待たせるのはだめだろう。いや、そんなことを気にするってどうなんだ。最近俺は、どんなふうに自分を作っていたのか、時々わからなくなることがあった。走ることが意外なところで影響を及ぼしているのかもしれない。結局、澤田の「じゃあ、解散」の声と同時に、俺はグラウンドへと走っていた。

「今日はタイムトライアルね。六時ジャストに出走するから、各自でアップして。それで、最後に流し入れて、筋トレとストレッチで終了」

俺が輪に加わったのを確認すると、上原がメニューを発表した。

二学期に入って四回目のタイムトライアル。俺はとても気持ちよく走った。真夏とは違って、六時を回ればちゃんと日が傾く。暑さを身体にしみこませながら走るのも悪くないけど、日が静まりかけている中を走るのはもっといい。何より身体が滑らかに動く。それはみんなも同じようで、メンバーのほとんどがよい記録を出していた。

設楽は十分五秒でもうすぐ九分台に入りそうだし、大田は十分十二秒、ジローだって十分五十二秒。中でも俊介はとりわけよかった。ここのところの俊介は勢いがある。のびやかで身体が弾んでいる。素直な俊介の性格が走りにもよく出ていて、走りこめば走りこんだだけ結果がついてきていた。ただ、桝井だけは九分五十四秒と振るわなかった。もちろん、俺たちより速い。だけど、それだけだ。桝井の走りがこんなものではないのは、陸上部でない俺でも知っている。桝井が先手を打ってかわすから、誰も触れようとしないけど、本調子ではないはずだ。

「今週の土曜は三回目の試走だし、そろそろ区間を決めないといけないと思うんだけど。先生もエントリー提出しないといけないだろうし」

練習後のミーティングで、桝井が言った。

1区と2区はずいぶん前に決まっていたけど、それ以外は今のところ未定だ。

「一応考えてみたんだけど、おれが言っていいですか?」

桝井がうかがうと、上原は「もちろん」とうなずいた。ジローは「おお、ついにだ」とはしゃぎ、既に2区に決まっている大田も「やっとわかるのかよ」と偉そうに言った。みんな誰がどの区間を任されるのか、興味津々《しんしん》だった。

「1区と2区は前決めたとおり、設楽と大田。3区がジローで、4区が渡部、5区が俺で、ラストが俊介」

桝井はみんなの注目をよそに、さらりと発表した。それなりに重大発表のはずなのに、気持ちを込めずに言い切った。あまりにあっけなく言い渡されたから、うっかり流しそうになったけど、区間を確認すると同時に全員が戸惑いの表情を浮かべた。

3区は一番緩やかなコースだからジローなのはわかる。4区と5区の違いはわからない。俺でも俊介でもいいだろう。おかしいのは最後だ。1区と6区は要《かなめ》だ。1区が設楽なら、アンカーは桝井だ。そんなことは駅伝に詳しくなくてもわかる。確かに最近の桝井の走りには、精彩がない。理由はわからないけど、力が感じられない。だけど、アンカーを走るのは桝井しかいない。俊介は完全に面喰らっているし、大田や設楽も俺と同じことを思っているはずだ。

「よくわからないけど、６区は桝井君だと思う」

しばらくしてから、上原が遠慮がちに言った。

「それも思ったんだけど、最後どういう状況で襷《たすき》が来るかわからないから、今一番力がある俊介がいいかなって」

桝井はあっさりと答えた。

「でも、駅伝ってそれだけじゃないっていうか」

上原が言いたいことはよくわかる。みんなじっと上原を見た。

「そうだけど、ほら、みんなだって気づいてるだろ？　今のおれの走りは不安定だし、力もない。それに比べて俊介は、すごく乗ってる。ここぞってところで力が出るはずだし。とりあえず、これがベストだと思う。ま、これで行こう」

桝井は精一杯明るく切り上げようとしたけど、上原は納得できないようだった。

「桝井君の言うことはわからないでもないけど、やっぱり変だよ」

「変なことないですよ。自分ながらいい配置だと思うんです」

「桝井君、最後の駅伝なのに？」

「そんなことは関係ないです。大事なのは勝つことですから」

軽やかだった桝井の言葉遣いが丁寧になっている。桝井はいろんな思いを陽気さでカバーできなくなっているのだろう。たぶん、今、突き詰めるのはよくない。けれど、上原は食い下がった。

「だけど、5区と6区は逆じゃないかな」

「先生に駅伝がわかるんですか？」

「ううん、わからない。それでも桝井君がアンカーを走るべきだと思う」

「そんなの先生の勝手なイメージです」

「でも、この配置がおかしいのは私でもわかるよ」

上原が珍しくはっきりと言い、桝井は困ったように宙に目を向けた。設楽や俊介はどうしたものかと考えている。誰かが何かを言うべきなのだろうか。みんながお互いにうかがっているところに、

「満田先生が戻ってきてくれたらな」

桝井がぼそりと言った。

その瞬間、俺は胸の中がひんやりした。自分でも驚くくらい身体の底までが冷たくなった。桝井はほかにこの場を収める方法が思いつかなかっただけかもしれない。だけどだ。こんなにすべてを否定してしまう言葉はない。

「そっか。でも、そればっかりは教育委員会に言わなきゃ無理だな。じゃあ、しかたないかな」

上原はみんなの空気が滞るのを食い止めるように、声の調子を上げた。

みんなも「まあそうだよな」「俊介二年生でアンカーとかかっこいいじゃん」などと口にした。俊介も「うわー僕、緊張する」とおどけている。

なんだろうこれは。誰も間違ってはいないけど、痛々しい。つくろっているのは、俺だけじゃないんだ。誰だって、本当の部分なんて見せられるわけがない。生きていくってそういうことだし、集団の中でありのままでいられるやつなんていない。大田は必要以上に悪ぶっているし、桝井は自分をコントロールしているし、設楽はびくついて周りの顔色ばかり見ている。そして俊介だって……。何もつくろっていないやつなんていないのだ。

「俺が3区でお前が4区ってことはさ、襷渡すってことだろう?　せめてもう少し仲を深めとかないとな」

いや、いた。世の中で唯一《ゆいいつ》何もつくろっていない人間が。解散と同時に、ジローは俺のところへやってきた。

「は？」

「だから、俺と渡部で襷リレーするわけじゃん。スムーズにいかせるためにもさ、息が合ってないといけない」

「お前には影はないのかよ」

「え？　あるよ。ああ、もう日が陰ってるから見えないのか」

ジローは不思議そうに自分の足元に目を落とした。こいつは本物の馬鹿だ。

「どれだけお調子者のやつでもちゃんと裏があるじゃん」

「裏？　何の話だ？」

「明るいやつにも暗い一面があったり、陰湿な部分を覆《おお》うために陽気にふるまったりさ。そういうもんだろう？」

「なんだ、それ？」

「それなのに、お前には影もなければ裏もない」

「どういうことだ？」

ジローはまったく意味がわからないようで、思いっきり眉をひそめた。

「お前には一生わかんないよ」

俺はジローを振りきると、グラウンドを出た。

どう説明したって、ジローにはわからない。そして、ジローにはわかる必要なんてないのだ。


言ってはいけない言葉ってある。皮肉や嫌味ばかり言っている俺ですら、ずっとした。馬鹿とかアホとかとはまったく違う種類の言葉。一番言ってはいけない人間が、一番言うべきでない相手に、最悪の言葉を投げた。「満田先生が戻ってきてくれたらな」桝井のつぶやきは、俺の耳の底にどんよりと引っかかっていた。

みんなが帰ったあと、俺はなんとなく校門あたりをうろついていた。俺がどうこうできるなんて思ってもないし、どうしようってこともない。でも、このままじゃだめだろうとは思った。

「あれ？　渡部君何してるの？」

一時間ぐらい経ったのだろうか。財布を手にした上原が校門の近くにやってきた。

「先生は？」

「夕飯の買い出しに。今日はまだまだ仕事が終わりそうにないから、スーパーにお弁当でも買いに行こうかなって」

「ああ、そっか」

「もう暗いのに。早く帰らないと」

上原は空を見上げた。日は完全に沈んでいる。

「あのさ、本気じゃないだろうし」

「何が？」

「いや、ほら、今満田がいても困るだろう？　なんか練習のペースが崩れるし、桝井だってそんなことわかってるっていうか」

俺が迷いながら言葉を並べるのに、上原はくすくす笑い出した。

「なんだよ」

「こんなに優しい中学生を初めて見たなと思って」

「は？」

何言ってるんだこいつ。優しいなんて、俺のどこをどう取っても当てはまらない表現だ。

「まさか、それが言いたくてここにいたの？」

「たまたまいたら、先生が出てきただけだ」

「そっか。じゃあ、もう遅いし車で送ってくよ」

「そんなのいいよ」

俺は首を横に振った。今頃ばあちゃんは、心配して家の前で待っているだろう。それを上原に見られるのは嫌だった。

「だめだめ、こんな暗いのに。どうせ買い物に行くついでだから」

「いいって。歩いてもすぐだから」

「すぐって、渡部君の家、山手のほうでしょ？　ほら、早くして。ほかの先生の分も買い出し頼まれてるんだ。のんびりしてたらみんなに怒られちゃう」

上原は車の鍵《かぎ》をポケットから取り出すと、俺をせかした。ここでごたごたしてほかの先生が出てきても困る。俺はしぶしぶ車に乗りこんだ。

「気にしてくれなくてもいいのに」

上原はエンジンをかけると、そう言った。

「気にはしてない」

そうだ。ただ、このまま明日になるのはよくない。そう思っただけだ。

「ジローなんかさ、先生たちがどこの学校行くのかって教育委員会が決めてるの？　ってあのあと興味津々で訊いてきたぐらいなのに」

上原は笑った。あいつならやりそうだ。いい意味でも悪い意味でもジローは無神経だから。

「あいつは馬鹿だからな」

「だけど、ああいうふうになれたらいいよね」

馬鹿で単純でお気楽なジローみたいに？　そう眉間《みけん》にしわを寄せる俺に、上原は「記録会の時にさ、ジローのお母さん差し入れにお茶をくれるんだ」と話し出した。

「何の話だよ」

「私、スポーツ飲料が苦手なんだ。ジローにそう言ったわけでもないのに、そういうことがお母さんに伝わってるってすごいと思う」

「俺にも差し入れに、お茶持って来いってこと？」

「違うよ。ジローは私を顧問と認めてくれてるってこと。ジローにしてみたら、何もできなくても顧問をやっていれば、それで十分顧問なんだよ。なんでも認められる。それがジローの強みだよ」

「俺に何かアドバイスしてるつもり？」

そんなこと上原に言われなくても、知っている。がさつで優雅さなんてどこにもない。知的でもなければ洗練もされていない。それなのに、愛されて恵まれて育っているのがよくわかる。決定的に俺より容量がでかい。それがジローだった。

「まさか。渡部君には渡部君のよさがあるでしょ」

「俺のよさね」

俺は鼻で笑ってしまった。自分なりのよさだとか個性だとか便利な言葉だ。本当の自分がないどころか、つくろったところで俺には長所なんて一つもない。

「私、教師になっていろんな生徒を見てきたけど、その中でも渡部君は一番」

そこまで言って、上原は笑いだした。

「何だよ?」

一番、理屈っぽい、面倒臭い、嫌味っぽい、冷たい、嘘《うそ》くさい。俺は思いつく限りのことを頭に浮かべた。

「いや、一番中学生ぽいなって」

「中学生ぽい?」

「そう。自分らしさとかありのままの自分とか、自分についてあれこれ考えるの、いかにも中学生でしょ」

褒められているのかけなされているのかは、わからない。でも、なんだか上原は楽しそうだし、くすぐったい言葉ではある。

「あ、ここで降ろして」

知らない間に、家に近づいていた。俺は家の前の道に入る手前で、慌てて上原に言った。

「おばあさん心配されてるだろうね。遅くまですみませんって伝えといてね」

上原は俺の言うとおり車を止めると、そう言った。

「おばあさん？」

「うん。おばあさん。それぐらい、家庭調査票に書いてあるよ。じゃあ、明日」

上原はそう言って、俺に手を振った。

6

「ばあちゃん、また作ってるのかよ」

俺は台所に向かって言った。まだ朝の五時だというのに、ばあちゃんがごそごそしている。

「起こしちゃった？」

「いや、今日は七時集合だし、その前に少し走っておきたかったからそれはいいんだけど。でも、弁当はいいって」

「いいわけないだろう。今日はなんだっけ、最後の何かなんだろう？」

「試走だよ試走。最後って言ったって、まだ本番でもないんだから、わざわざ弁当なんかいらないんだ」

「いいじゃないか。孝一の好物ばかり入れてやるからね」

ばあちゃんは卵を割り出した。中に海苔《のり》を挟んだ分厚いだし巻き卵を作るのだ。

「弁当なんか持っていってるの俺だけだよ。みんなウイダーインゼリーとかカロリーメイトとかそういうので済ませてる」

「ばあちゃん、そういうハイカラなのはよくわからないからねえ」

ばあちゃんはせっせと卵を焼きはじめた。薄い卵が何重にも巻かれていく。どうせばあちゃんは、俺の言うことなど聞きやしない。俺はあきらめて、流しにたまった洗い物をすることにした。

「バナナでいいのにな」

「またそういうことを言う。弁当にバナナだなんて、ばあちゃんがそんなことできるわけないだろう」

「ばあちゃん、腰痛かったんじゃないのかよ」

ばあちゃんは三日おきにあちこちが痛いと言い、じいちゃんが迎えに来るのも時間の問題だと嘆いている。

「いいのいいの。孝一のためなら腰痛《ようつう》も高血圧も飛んでいくんだ」

「都合のいい身体だな」

「当たり前じゃないか。孝一ががんばってるのに、だらだらしてられない」

「俺は何もがんばってないよ。ただ走ってるだけだ」

一年の時からサックスだって吹いているのに、それはいまいちピンとこないらしい。走るとか跳ぶとか、ばあちゃんはわかりやすいことをしていると喜ぶ。

「ばあちゃんにしてみりゃ、孝一がみんなと何かしてるってのが安心するんだよ」

「前から吹奏楽部でいろいろやってるだろ？　駅伝の人数なんか吹奏楽部の半分にもならない」

「人数なんかどうでもいいんだ。よし、あとは鶏《とり》の照り焼きだね」

ばあちゃんは冷蔵庫からたれに漬けこんだ鶏肉を取りだした。ねぎと生姜《しょうが》がたっぷり入っている。昨日の晩から仕込んでたんだ。まあいいか。暑さが弱まって、蓋《ふた》にわさびを塗られなくなっただけでもいいとしよう。

大会を二週間後に控えた、最後の試走。ここ最近晴れていたくせに、天気は今一つだ。空は薄暗いし、天気予報も昼すぎから雨だと言っていた。こういう日は湿気がこもって走りにくい。だけど、当日だってどうなるかわからない。陸上は警報が出ない限り中止にならない。激しい雨だって日差しが強くたって、走らなくてはいけないのだ。どんよりと重い空の下、みんな慎重に力を出しきって自分の区間を走った。

設楽は地味だけど走りが丁寧だ。ここにきてきちんと九分台に持ってきた。俺が出くわしたのは一度きりだけど、学校の練習だけでこうはいかないはずだ。大田は乱暴に走っているように見えて、力がある。何度も爆発的なスパートがかけられるのは、ただならぬ持久力があるからだ。もし、大田が真剣に何かをやっていたらどうなっただろう。もったいないなんて言葉だけでは片づけられないものがある。ジローは相変わらず元気いっぱいに走っていた。もともと色黒だったのがさらに日に焼けて、前より引き締まって見える。桝井は九分台をキープしていたけど、ただそれだけの走りだった。けがをしているわけでもなさそうなのに、何かが欠けている。それでも、誰も桝井の走りについて感想を述べなかった。乱暴でも気性が荒いわけでもない。それどころか、誰にでも朗らかなのに、桝井には触れにくい雰囲気があった。俊介はこの前よりずっとよくなっていた。昨日より今日、今日より明日。何かをすればした分、俊介は力をつける。現実的に考えたら、やっぱり俊介がアンカーを走るのがいいのかもしれない。

俺はいつもどおりだった。ロードでも学校のグラウンドでも同じように走れた。自分でも安定しているのがわかる。足元にあるのがアスファルトでも土でも、俺の足は変わらず動く。きっと本番でも大丈夫だ。最後の試走でそれを確認することができた。

「ああ、緊張した。試走もこれで最後だと思うと、力が入る」

俊介がバナナを食べながら、俺のそばに寄ってきた。俊介は昼ごはんになると、いつもやってくる。そして、俺の弁当箱を覗《のぞ》きこむのだ。

「うっとうしいやつだな。食えよ」

俺は俊介の前にいつものように弁当箱を置いた。どうせばあちゃんの作るおかずは、一人で食うには多い。

「いただきまーす」

俊介はすぐさま鶏の照り焼きを手にした。

「おお、これ、おばあちゃんの味だ。うちのばあちゃんも、なんでも生姜で味つけるんですよ」

「あっそう」

俺は俊介に代わりに食べてと渡されたバナナを口にした。

「僕結構、味にうるさいんです。渡部先輩の家の卵焼きは甘めですね」

「そうかな」

「うん、桝井先輩が好きそうな味」

俊介はなんでも幸せそうに食べる。そして、俊介の言葉の端っこには、しょっちゅう桝井が出てくる。

「お前はなんでも桝井だな」

そう言うと、俊介は卵焼きを口に入れたままじっと俺の顔を見た。

「お前はすぐに桝井だな」

俺はもう一度繰り返した。

すると、卵焼きを飲みこんだ俊介は、

「渡部先輩は、おばあちゃんが嫌いなの?」

と言った。全然会話になっていない。

「じゃあ、俊介は桝井のことどう思ってんの?」

俺も同じように訊いた。

お互いにひっかかっていることをそのまま口にしただけで、二人とも答えようとしないから、質問だけが浮かんでいる。どっちの答えが重いのだろうか。どっちの壁が厚いのだろうか。どっちが先に開く？　俺は俊介の目を見て、思わず噴き出した。俊介もまったく同じことを俺の顔からうかがっている。

「ばあちゃんしかいない俺が嫌いなんだ」

俺は先に口を切った。一応俺のほうが先輩だ。

「俺、ばあちゃん子どころか、小学生の時からばあちゃんと二人で暮らしてる」

七歳の時に両親が離婚した。父親にも母親にも好きな人がいて、どちらの好きな人も俺のことを受け入れなかった。だから、俺はばあちゃんの家で暮らしている。

「そういや、渡部先輩、転校生でしたね」

「うん。小学二年の時な。そこからばあちゃんと二人暮らし」

走った後で気持ちが解放されているのだろうか。口火を切ってしまえば、驚くほどするすると言葉は出た。

「その暮らしが嫌いなの？」

「いや、違うな。そうじゃない」

ばあちゃんとの暮らしは悪くない。世話を焼かれすぎてうんざりすることもあるけど、俺を拾ってくれた人だ。感謝の気持ちは絶対にあるし、大事にされているのもわかる。俺が受け止められないのは、自分自身を取り巻くものだ。みんなに同情されたらどうしよう、馬鹿にされたらどうしよう。みんなとは違うと気付かれたらどうしよう。そんなくだらないことが引っかかっていた。

「何も嫌いなんかじゃない。みんなと同じでいたいと思ってただけなんだ。ばあちゃんと二人でかわいそうとか、親に捨てられたんだとか、そういうふうに思われたくないだけだったんだけどな」

何が普通で何がいいのかはわからない。だけど、自分の置かれている環境をさらけ出せるほど、俺は強くはなかった。ありのままの自分でいいなんて、恵まれているやつが使う言葉だ。どうすればいいのかはわからなかった。ただ、必死な感じを消して、余裕を身にまとって、気をまわしすぎず、ガツガツもせず、複雑な家庭環境とほど遠いやつになろうとした。それだけだ。みんなと同じ生活をしているように見せたかっただけだ。それなのに、今の俺はなんて厄介なことになっているのだろう。俺は自分をどんどんわけのわからないやつにしてしまっている。

「キャラ設定に迷ってるうちに、インチキくさい芸術家みたいになったってことですね」

俊介は冗談めかして言った。

「そうかもな」

「おばあちゃん子ならではの世話好きさとかって、すぐに出ちゃうのに。所詮《しょせん》無理だったんですよ」

俊介はにこりと笑った。俊介の笑顔は素直さがよく出ていて、作り物じゃないとすぐにわかる。

その顔を見ていたら、うっかり打ち明けたことも、俺がおばあちゃん子だってことも、どうでもいいことのように思えた。あんなに必死で隠していたのに、俺の周りを渦巻いていたどろどろとしたものは、表に出たとたん、取るに足らないものに変わっていた。

「渡部先輩、親友っていますか?」

次は俊介の番だ。だけど、俊介は打ち明ける代わりに、俺に訊《き》いた。

「まさか。俺にいると思う?」

親友どころか、俺には友達だと言い切れるやつもいない。ずっと自分をつくろっているんだから、当たり前だ。

「どういうのが親友かって難しいけど、自分の中を見せてもいいと思える相手は親友って呼んでもいい気がするんです」

「そうかもな」

俺は海苔を巻いただし巻きをつまんだ。ばあちゃんの自慢料理だ。ほんのり甘くて穏やかな味。桝井ってこういう味が好みなんだ。俊介は桝井のことなら、些細《ささい》なことだって知っている。

「好きなんだろ?」

「たぶんね」

俊介はかすかにうなずいた。

「いいじゃん。うん。いいと思うよ」

俺も俊介と同じような人懐《ひとなつ》っこい笑顔を見せようとしたけど、ちっとも上手に笑えなくて、その顔に二人で笑った。

俺たちの上にある空は、重い雲で覆われている。地上の水分を全部吸い取ったような灰色の雲は、少しつつけば水が溢《あふ》れだしそうだ。でも、二週間後。きっと、そこには青い空が待っている。

7

4区は俺を含めた七人が、もつれた状態でスタートを切った。誰かが飛び出そうとすると、全員のスピードが上がる。七人がお互いの動きをけん制し合い進んでいる。ここから早く抜け出さなくてはいけないのに、俺の身体はうまく動かない。混戦に慣れていないのだ。野外走でも記録会でも、俺はみんなと距離を取って走っていた。こういう状態を想定していなかったなんて……。周りを囲まれながら走る圧迫感に、苦しくなった。すぐそばに人がいては、自分の走りができない。窮屈で息が詰まりそうだ。いや、そんな弱気でどうする。時間はないのだ。競《せ》り合いを体験したことがなくても、俺の中にはハングリー精神というのがあるはずだ。これぐらいの競争、その精神を使えば制することができる。こいつらはきっと親がいる。自分の身の上が知られる怖さなんて、体験したことのないやつらばかりだ。そんなぬるいやつらに負けるわけがない。

俺は自分を奮起させると、身体中に力をめぐらせた。少しぐらい無理をしたって、俺なら取りかえせる。走り出してすぐだというのに、俺はスパートをかけた。こんなところで大胆な加速をするやつはいない。誰も俺についてはこなかった。後先を考えなければ、集団からは簡単に抜けられた。集団が後方に流れたのを確認すると、俺は呼吸を整えて意識を前に向けた。俺の前にはあと五人いる。

県大会に進めるのは上位六位までだ。俺の後に待っているのは、桝井に俊介。本調子でない桝井がどう走るのかは読めないし、俊介は乗っていると言っても二年生だ。六位で襷を渡していては話にならない。勝負はここ、4区だ。

一人はすぐ目の前に見えていた。二年生の選手らしく走りなれていない。疲れているのが後ろからでもわかった。よし抜いてやろう。俺は再びスパートをかけた。相手は迫ってきた俺の気配に、すぐに固くなった。そのすきに、一気に追い抜いた。上出来だ。これで五位。あと一つはあげておきたい。しかし、前には選手の姿はなかった。俺の前にいるはずの四人の背中が見えてこない。4区は入り組んだ農道を走るコースで、先が見渡せないのだ。自分の前でどんな展開が広がっているのかわからないことに、不安を感じた。前を走る選手は、今抜いたやつらとは違い、俺より実力があるやつらだ。はるか先を走っているのかもしれない。

いや、焦《あせ》ることはない。相手が誰でも追い上げて抜けばいい。今までと同じように一息に抜き去ってやればいいのだ。俺はもう一度自分の中のハングリー精神を呼び起こそうとした。ところが、うまくいかない。そばに競う相手がいないと、奮い立たないのだろうか。もう一度だ。俺は自分の家を思い描いた。普通の中学生とは違う俺の家。俺の前を行くやつらとは違う家族。俺にはばあちゃんしかいない。今日だって、そのばあちゃんは……。そう、今日だってそのばあちゃんは嬉《うれ》しそうに、本当に嬉しそうに弁当を作っていた。俺の好物ばかりで弁当箱を埋め尽くしていた。

「中学最後になって、孝一もやっと好きなことができるんだね」

ばあちゃんは目を輝かせて俺を見送ってくれた。そうだ。俺にハングリー精神があるわけがない。たかが記録会や試走で、手の込んだ弁当を作ってくれるばあちゃんがいるのだ。俺はハングリーではない。だけど、負けるわけにはいかない。これで最後にするわけにはいかない。ばあちゃんに、あと少しの間ほっとした顔をしてもらいたい。

2キロを通過して、残り1キロ。ゴールは迫っている。俺はさらに加速した。前が見えようが見えまいが、行くしかない。2キロを走ったのに、俺の身体にはまだ力がみなぎっていた。なんて使える身体なんだ。俺はきっとものすごく走ることが好きなのだ。まだまだ走れる、もっと行ける。走りたいと身体中が言っている。

「結局、渡部君が一番がんばってたのかもね」

上原は中継所へ運ばれるバスに乗る俺に、そう言った。

「吹奏楽の練習と駅伝の掛け持ちに。それだけがんばってたらぼろが出そうなのに、渡部君、あっけなくやっちゃうんだもん。努力が日常になってたんだね」

そんなことといちいち言ってくれなくていい。でも、上原に褒められるのは悪くなかった。

本当の自分がなんなのかはわからない。いくら考えたってわかるわけがない。俺は中学生なのだ。けれど、もしも、俺の中に上原や俊介が言うような「努力」や「優しさ」があるのであれば、今はそれを出してみたい。俺はもう一度力を入れなおして足を前に運んだ。残り500メートル。この500メートルが俺のすべてだ。俺は足先まで力をこめた。鋭いカーブを曲がったところで、やっと前を行く加瀬中の選手が見えた。

加瀬中を抜けば四位になる。四位に上げておくことが、県大会に出るための最低ラインだ。目指すものが見えたとたん、俺の心臓ははね上がった。どうしてもあいつを抜きたい。加瀬中の背中はつかめそうなところまで来ている。だけど、俺が迫れば、相手もスピードを上げる。どちらがより本気なのか。そのほんの少しの気持ちの差が勝敗を決める。

俺は身体中が熱を帯びるのを感じた。今まで俺は何かをほしいと思ったことなどなかった。好きなものが何かもわからなかった俺に、手に入れたいものがあるわけがなかった。でも、今は渇望している。死ぬほどほしいものが、すぐ目の前にある。つかみたい。もう少しこんなふうに走っていたい。

中継地点まで残り100メートルになって、ストレートの道が前に広がった。三位の選手が襷を渡しているのが見えて、加瀬中の選手がスパートをかけた。俺もすべての力を、気持ちを、前に向けた。フォームは崩れかけていたけど、そんなことはどうでもいい。駅伝に必要なのは美しさでも速さでもない。順位だ。加瀬中のやつと肩が並ぶ。絶対に譲るわけにはいかない。俺はまだ早いと思いつつも、肩から襷を外して手に握った。そして、大事なことを思い出した。

三日前、グラウンドで襷を渡す練習をした。俺はジローから受け取り、桝井に渡した。今日の朝まで、俺の次を走るのは桝井だったのだ。俊介とはなにも練習をしていない。けれど、先を見つめて、心配などないことがわかった。駅伝を始めて、走ることのほかにも手に入れたものがある。義務教育が終わる間際《まぎわ》になって、やっとできたものが俺にはある。俊介はいつもの人懐っこい笑顔を向けて、俺に手を振っている。

俺は襷を持つ手を前へと伸ばした。それに引きずられるように身体が運ばれる。加瀬中のやつよりも前へ。俺は身体ごと俊介のほうへと倒れこんだ。

「渡部先輩、お疲れ」

俊介は俺の手から狂いなく襷を受け取ると、そのままの勢いで真《ま》っ直《す》ぐに飛び出した。

一位の加瀬南中学が通過してしばらく経《た》ってから、二位の幾多中、三位の戸部中が入ってきた。そして、そのすぐ後ろで渡部先輩と加瀬中が競り合っているのが見えた。二人は並んだまま、少しも譲らず進んでくる。どちらかがスパートをかければ、もう一方もさらに速度を上げる。沿道の観客の声もそのたびにヒートアップし、僕の隣で待つ加瀬中の選手も熱くなっていた。

残り50メートル。もうすでに渡部先輩は襷を手に握っている。いつもの渡部先輩は、桝井先輩に負けないぐらいきれいなフォームをしているのに、今はただ前に引っぱられるように走ってくる。やみくもでハチャメチャで美しさのかけらもない。でも、これが僕の知っている渡部先輩かもしれない。一瞬でも早く襷を受け取るために、僕も手を伸ばした。

リレーと違って、駅伝の襷を渡す瞬間のロスなんてしれている。そんなところにこだわる学校もないだろう。でも、僕たちの襷リレーは大きな時間を生み出してくれるはずだ。渡部先輩の伸ばす襷が一直線に迫ってくるのが見えて、僕は手の平をしっかりと開いた。渡部先輩の手から僕の手へ。吸いこまれるように襷は渡った。

1

「俊介、陸上部見に行こうよ」

中学に入学して一週間、仮入部期間の最終日、修平に誘われた。

「僕、もうバスケに決めてるんだけど」

「いいじゃん。頼むって」

修平は保育園からの友達だ。親同士も仲がいいし、小さいころからお互いの家を行き来している。話も合うし、遊んでいて楽しい。そんな修平の頼みだから、聞いてやりたい気もするけど、陸上部に入るというのは別だ。周りの友達はだいたいバスケか野球に入部を決めているし、陸上なんて地味でしんどそうだ。僕は「やだよ」と首を振った。

「何人か誘ってみたんだけど、誰も陸上行くやついないんだ。俊介、一緒にやろう」

「友達が入るからとかで部活を選ぶなって先生も言ってただろ？　一人でがんばれ」

僕は無責任に言った。

今日も、担任の先生は中学校は自分の意志で動く場だ。いつまでも友達と行動してるんじゃないと言っていた。だけど、ついこの間まで小学生だった僕たちが、すいすいと一人で動けるわけがなかった。ただの部活見学だって、みんな友達と連れ立っていく。一人で部活を選ぶようなきりっとしたやつなど、そうそういないのだ。

「俊介だけが頼りなのに」

「頼りにされても困るよ。修平は小学校の時から幅跳びやってるからいいけど、僕、陸上なんて何もできない」

「じゃあ、見学だけついてきてよ。昨日、一緒にバスケ見に行ってやったじゃん。な、見るだけだって」

「いくら見ても、陸上部には入らないよ」

「わかってる。今日だけ来てくれたら十分」

修平は僕の腕を引っ張りながら言った。もうグラウンドに連れて行く気でいるのだ。

「しかたないなあ」

今日だけ行って、明日さっさとバスケ部に入部届けを出せばいいか。僕はしぶしぶ修平について行った。

グラウンドに出てみたものの、陸上部が活動している周りには、僕たち以外誰も見学者がいなかった。やっぱり、陸上は不人気なのだ。どこにいればいいものかときょろきょろしていると、顧問の満田先生が近寄ってきた。しょっちゅう大声で怒鳴っている先生だ。

「よく来たね。いいだろ陸上」

先生はにこやかに言っているけど、それでもじゅうぶん恐ろしい。部員を入れるために今だけ笑顔なのだ。入ってしまえば、しごかれるに決まってる。うっかり部員にされないように、修平がしっかりと返事をする横で、僕はかすかにうなずくだけにとどめた。

「ゆっくり見て行ってな。よし、集合」

満田先生が声をかけると、あちこちで走っていた先輩たちが素早く集まってきた。

「今日はせっかく一年が見に来てくれてるから、わかりやすいことしよう」

「はい」

「長距離短距離で一緒にできることがいいな。そうだな、マイルリレー。長距離対短距離で」

満田先生が簡単に指示を出すだけで、先輩たちはすぐに散らばり、準備を始めた。はっきりした返事にてきぱきした行動。先生が厳しいのがよくわかる。

陸上部の部員は男子だけで、二年生が四人、三年生が三人のたった七人だった。男子バレー部の五人に次ぐ少人数部活だ。それにしても、七人でリレーって奇数なのにと思っていると、一人の先輩に満田先生が声をかけた。

「桝井、お前は800走れ」

みんなが走るのは400メートルなのに気の毒だ。だけど、桝井と呼ばれた二年生の先輩はにこやかに「わかりました」と返事をした。

「400メートルのリレーは小学校でも見たことあるだろうけど、1600はなかなかないだろ？　これが微妙な距離で面白いんだ」

満田先生の言うとおり、僕と修平はスタートと同時にリレーに夢中になった。

400メートルは長距離にとっても短距離にとっても難しい距離のようで、レースは最初から競り合いになっていた。スタート直後は短距離の選手が飛ばし、後半で長距離が追い抜く。けれど、バトンパスは短距離が圧倒的にうまくて、バトンが渡る瞬間に短距離が優位に立つ。それをまた途中から長距離がじりじりと追い上げる。どちらを応援しているわけでもないけど、僕も修平も熱くなって見ていた。

そして、長距離のバトンが第三走者に渡って、僕は目を見張った。今までの先輩の走りもすごかった。やっぱり中学生は違うなと思った。でも、それとは比べものにならない、一度も見たことがない走りが目の前にあった。長距離第三走者の桝井先輩は、出だしからぐんと抜けるように走っていた。無駄な動きなんて一つもなく、風を切って走るスピードとぶれない安定感があった。軽く飛ぶような、どんどん力がわき出るような走り。

「速いだろう。二年生の桝井だ。お前も練習したら、あんなふうになれるぞ」

満田先生は僕に言った。

僕があんなふうに？　あんなに速く走れるようになるのだろうか。あの先輩みたいに軽やかに、力強くなれるのだろうか。僕は桝井先輩から目を離すことができなかった。

2

僕が二年生になった四月、陸上部の顧問が上原先生に変わった。満田先生がほかの中学校へ異動になったのだ。今まで鬼のように陸上部を取り仕切っていた満田先生がいなくなって、みんな喜んだ。大声で怒鳴られなくなって厳しい練習が課せられなくなって、いいことずくめのように思えたのだ。でも、そんな喜びは一週間で消えた。

陸上部の雰囲気は十日も経たないうちに、変わってしまっていた。

今までの三倍かかるだらだらとした集合。手抜きだらけの練習。部員数が少ないし、落ち着いた生徒が多いから何とか保たれているようなものの、部活動はぬるいものになっていた。

「楽になるのはいいけど、なんだかなあ」

練習後、修平とトンボを引きながら僕は愚痴った。前はグラウンド整備は全員でやっていたのに、最近岡下先輩や城田先輩はさっさと帰ってしまう。

「あんなに恐ろしかったのに、もう満田が懐かしくなるんだもんなあ」

修平も言った。

みんなびびってはいたけど、満田先生のことは好きだった。本当に僕たちを強くしようとしてくれている。それがわかっていた。だから、僕たちも先生に応《こた》えようとしていたのだ。

「今のうちに先輩にいろいろ教えてもらっておかないとな。上原何も知らなそうだし」

修平は上原先生のほうに目をやった。グラウンド整備を手伝っている先生は、扱いなれていないトンボに振り回されている。

「短距離の先輩は七月の大会で引退だもんな」

陸上部は長距離と短距離のパートに分かれていて、練習は別々に行う。長距離は駅伝が終わるまで三年生が来てくれるけど、短距離は夏季大会が終われば一年生と二年生だけになってしまう。

「七月なんてあっという間だよなあ。でも、長距離はもっと困ることになるじゃん」

「どうして?」

僕は首をかしげた。

「駅伝だよ、駅伝」

「駅伝があるからいいんじゃん。桝井先輩も設楽先輩も十月までは練習に来てくれるし」

「それはそうだろうけどさ、まずは誰が駅伝走るんだよ」

修平に言われて、僕はぐるりと頭の中に考えをめぐらせた。

「確かにそうだ……」

今まで駅伝メンバーは満田先生の一喝で集まってきた。陸上部員が少なくても、満田先生が足の速い生徒を引っ張ってきて夏休みからみっちり練習をし、県大会に進出していた。その満田先生が今年はいないのだ。陸上部の長距離は、三年生は桝井先輩と設楽先輩しかいない。二年生は僕だけだし、一年生はまだ戦力にはならない。短距離の三年生はすでに駅伝をしないことを公言しているし、修平は跳躍専門で長距離を走る力はない。現時点で三人。駅伝人数の半分しかいない。とりあえず走ってくれそうなメンバーを寄せ集めて出たって、勝てるわけがない。いったいどうなるのだろう。

「今年は県大会進出は無理かな」

修平はよいしょとトンボを担《かつ》いだ。

「桝井先輩なら、なんとかできるよ」

僕は唱えるように言ってみた。

去年の駅伝大会で桝井先輩は２区を走っていた。１区の三年生が、最初のスタートで大きく出遅れて、２区には十四位で襷《たすき》が渡った。補欠だった僕は満田先生と本部で結果速報が入ってくるのを見ていた。「十四位か。これは少しきついな」さすがに先生も渋い顔をした。１区は強敵ぞろいだから上位に入るのは難しい。それでも、十位以内にはつけておきたい。その予想が大きく外れたのだ。「大丈夫です。次は桝井先輩だし」僕は半分本気で半分は願いを込めてそう言った。ところが、桝井先輩は僕の願い以上の走りをした。区間新記録を出し、順位を六位に上げたのだ。いつだってそうだ。走る時でもそれ以外でも、桝井先輩には何とかする力がある。

「桝井先輩が？」

修平が桝井先輩のほうを見ながら言った。桝井先輩は一年生とトンボを片づけている。僕が入部したての時もあんなふうに細々と教えてくれた。

「うん。桝井先輩ならきっと何とかできる」

きっとじゃなくて絶対だ。僕は春のやわらかい夕焼けを見上げた。春が終われば、ちゃんと夏が来る。暑い夏は、今年も同じように僕たちを焦《こ》がしてくれるはずだ。

3

いつもは七月末から開始されるのに、今年の駅伝練習は一ヶ月も早い六月から始まった。

「開店しておけば、誰かがうっかりやってくるかもしれないだろ」

桝井先輩はそう笑ったけど、残念ながら開店休業状態は梅雨の間ずっと続いた。

ところが、梅雨が明けると同時に、とんでもない人がやってきた。大田先輩だ。学校一の問題児の大田先輩がメンバーに入ったのだ。驚きはあったけど、沈んでいたみんなの気持ちは一気に明るくなった。まともに授業にすら出ていない大田先輩を引き入れられたのだ。この調子で行けば、簡単にメンバーは集められるはずだ。先行きは明るい。みんなそう思った。

けれど、そこからはなかなか進まなかった。あの大田先輩を説得できたのに、桝井先輩は次の一人にてこずっていた。


「時間が経つのは早いな。あっという間に夏休みだもんな」

練習を終えた桝井先輩が、ごろりとグラウンドの隅に寝転がった。手と足が長いせいか、桝井先輩は実際の身長より大きく見える。

「夏休みなのは嬉しいけど」

僕も同じように仰向《あおむ》けになって手足を伸ばした。昼に向け激しくなっていく日差しが、15キロ近く走った身体《からだ》を焦がす。この明るさにいつまでも時間があるような錯覚に陥るけど、着々と時は流れているのだ。駅伝本番が迫ってくる焦りと、一日の長さの間の抜けた感じ。その不安定さに、僕たちはおぼつかない毎日を過ごしていた。

「渡部先輩って頑固なんですね」

僕は太陽のまぶしさに耐えかねて、うつぶせに身体をひっくり返した。ここ最近、桝井先輩は渡部先輩をメンバーに入れようと毎日音楽室に通っている。

「本当だよ。ちゃちゃっと走ってくれればいいのに、大田と違ってややこしいやつなんだ」

「僕、小学校一緒だったけど、確かに変わり者だっていう話は聞いたことがあるなあ」

「変わり者にもほどがある。渡部が入ってくれたら勝てるんだけど」

「そうなんですか？」

「ああ、渡部の足はすごく速い。だけど、どうにも走るって言わないんだよな」

桝井先輩の名前は日向《ひなた》だ。名前の通り、桝井先輩は日の光をよけたりなんてしない。夏の太陽を真下から見上げている。

「そうだ、僕も行きます」

「え？」

「桝井先輩、今日も渡部先輩のところに行くんでしょ」

「そうだけど」

「勧誘って楽しそうだし、行ってみたい」

僕はひょいと身体を起こした。なんでもするのが桝井先輩だけど、なんでも桝井先輩が一人でしなくちゃいけないわけじゃない。桝井先輩が平気な顔でさっさとやってしまうから見逃してしまいそうになるけど、部長もやって人一倍走ってメンバーを集めて、大変に決まってる。桝井先輩は「なんだか、悪いな」と言いつつ、ほっとした顔を見せた。

「夏休みに音楽室に入るなんて、悪いことしてるみたい」

僕は桝井先輩について音楽室に入りながらつぶやいた。

音楽室では渡部先輩が一人で楽器を吹いていた。上手なのかどうかも、何の曲かもわからなかったけど、桝井先輩と僕はおとなしく演奏が終わるのを待った。

「今日は二人になったのかよ」

渡部先輩は一曲吹き終わると、ちらりと僕のほうを見た。

「まあね。強力助っ人の俊介」

桝井先輩が僕を紹介すると、「誰が来たって無駄だよ」と渡部先輩は言った。長めの前髪のせいか、ずいぶん気取って見える。

「一人で笛、吹いてるんですか？」

僕は周りを見回した。ほかに吹奏楽部員の姿はない。

「悪いか？」

「いや、熱心なんだなと思って」

「ただ吹きたかったから吹いてただけだ」

渡部先輩はそう言って、楽器を片づけはじめた。

「なんか重そうな笛。僕、縦笛以外の笛なんて、間近で見るの初めてだ」

「笛ってなんだよ。これはサックス。お前そんなことも知らないのか」

渡部先輩はうんざりしながら、しまいかけた楽器を僕の目の前に掲げた。楽器はキラキラと金色に光っている。

「高そうなトランペットですね」

「なんでトランペットになるんだよ。今サックスって言っただろ？　ここが曲がってるから全然違うじゃん」

渡部先輩はサックスをぐるりと僕の目の前で回した。渡部先輩の指は細長く、サックスとよく合っている。

「きれいな楽器ですね。あ、そんなことどうでもいいや。駅伝して下さい、駅伝」

僕が思い出したように本題に入ると、桝井先輩は笑い出して、「なんなんだよ、こいつは」と渡部先輩は舌打ちをした。

「楽しいやつだろ？　おれも俊介も、ほかのメンバーも渡部が来てくれるの待ってるんだ」

「俺は走らないよ。何回もそう言ってるだろ」

サックスをしまい終えた渡部先輩は、次は音楽室の片付けにかかった。三十脚はある椅子《いす》を一つ一つ机の中にしまっていく。学年が違うから渡部先輩の走力は知らない。だけど、一人でこんな地味な作業ができるなんて、この人は完全に長距離向きだ。

「渡部先輩、速そうなのに」

僕は思わずそう言っていた。

「お前、俺の走りなんて知らねえだろ」

「そうだけど、でもわかります」

「なんだよそれ。二年のくせに適当なこと言うなよ」

「そっか。僕、後輩だった」

馴《な》れ馴《な》れしすぎたなと僕が肩をすくめると、渡部先輩は「先輩でも後輩でもいいんだけどさ」と付け加えた。

「とにかく渡部先輩、練習に来て下さい。駅伝に出られなくなったら、僕も桝井先輩も困るし」

「お前らが困ろうが俺には関係ない」

「今までの努力が台無しになっちゃうのにですか?」

「まあ、それはあれだけどさ」

なんて人だ。渡部先輩は嫌味を言っては、すぐに僕の表情を見る。初めて関わる僕に、どの辺まで突っこんでいいのかわからないのだ。僕はすっかり愉快な気分になっていた。

「桝井先輩、渡部先輩が走ったら今年の駅伝は完璧《かんぺき》なんですよね」

「そう、俊介の言うとおり。渡部が来てくれたら、俺たちは勝てるはずなんだ」

「あっそう」

「あっそうって、渡部先輩が走りさえすればいいことなんですよ」

「もう、うるさいな。音楽室に鍵《かぎ》かけるから、出て行けよ」

攻め立てるのが僕と桝井先輩の二人になって、渡部先輩はますますまいったようで、僕たちの背中を無理やり押した。

「また明日も来ますよ」

僕は追い出されながらそう言った。

それから、駅伝練習のあと音楽室で渡部先輩を説得するのが僕と桝井先輩の日課になった。

「あーあ、今日もふられたな」

学校前の坂を下りながら、桝井先輩はため息をついた。毎日なだめたり迫ったりしては追いはらわれるの繰りかえし。桝井先輩はさすがにくたびれているようだけど、僕は苦じゃなかった。桝井先輩と二人で行動できるのは嬉しかったし、渡部先輩と話すのも面白かった。

「渡部先輩面倒くさい人ですね」

「八月までにはメンバーを固めたいのにな」

「今のままだと桝井先輩と設楽先輩と僕と大田先輩と、……あとは一年生が出ることになるのかな」

「それしかないだろうけど、でも、それは避けたい」

桝井先輩はきっぱりと言った。一年生が駅伝に出るのは悪いことではない。けれど、そのメンバーでは勝ち進むのは無理だ。参加することが意義になってしまう。

「渡部、走ってもいいと思ってるはずなんだけどな」

「確かにそう見えるけど」

渡部先輩は走るのは嫌だと言ってはいるけど、他のやつに頼めとは言わなかった。どこかで僕たちを切れないでいる。だけど、このまま同じようなやり取りをしていても、出口は見えそうもない。

「何かいい手はないかな」

僕は頭をひねってみた。

「そうだなあ」

桝井先輩はぼんやりと遠くを見つめた。桝井先輩が渡部先輩のところに通って一ヶ月近くが経つ。もうとっくにいろんな手を尽くしているはずだ。

「そうだ、上原先生に頼んだらどうかな」

「上原先生に？」

僕の提案に桝井先輩は目を丸くした。

「そう。上原先生ってあんまり陸上っぽくないでしょ？　いつもと違う雰囲気の人が来るだけで、渡部先輩も話を聞こうと思うんじゃないかな」

「でも、あの先生に説得なんかできるか？」

桝井先輩は眉《まゆ》をひそめた。上原先生はだいたいいつもおろおろしている。どっしり説得している姿など、想像もできない。

「説得とは違うかもしれないけど、先生駅伝が苦手だから、押しつけがましくなく渡部先輩に話ができそう」

「それはあるかもしれないけど」

「それに上原先生は美術で、渡部先輩は吹奏楽部だし、同じようなことしてる人から言われると効果があるんじゃないかな」

部活後一人で練習しているぐらいだから渡部先輩は音楽が好きなのだ。それに、渡部先輩はやたらと芸術家ぶっている。走ってばかりいる僕たちの言うことより、上原先生の話のほうが聞く耳を持つはずだ。

「そうかな」

「顧問なんだからやってもらえばいいんですよ」

「そっか。……そうだよな」

「そうそう。さ、頼みに行きましょ」

いい手が浮かんだことが嬉しくなった僕は、渋っている桝井先輩の背中を押した。

僕らが先生に頼んだ翌々日、渡部先輩は練習にやってきた。先生がたった一日で渡部先輩を落とすなんて、思ってもみなかった。桝井先輩がどれだけ時間をかけても説得できなかったのにだ。それでも桝井先輩は、「先生ありがとう」とにこりと頭を下げた。いつだって桝井先輩はすっきりしている。悔しさやねたみなんて持ち合わせてないみたいにさわやかだ。

渡部先輩が参加して、その一週間後にジロー先輩がメンバーに入った。誰の手も煩《わずら》わすことなくすんなりやってきたジロー先輩は、足が速いわけでも陸上に詳しいわけでもなかった。だけど、ジロー先輩が来てくれてよかったと、みんなが感じているのは僕にもわかった。

ジロー先輩は、「どう走るのがいいかな？」なんてことを上原先生に訊いたり、「今日は大田ピリピリしてるから近寄らないほうがいいぞ」とみんなに忠告したりする。誰もが言わずにいることをあっさり口にする。ただそれだけのことが、僕たちのチームに風を送りこんでくれた。

「やっとメンバーがそろったな」

桝井先輩は誰よりも先に僕にそう言った。

「これで駅伝ができますね」

夏休みの真ん中。僕はこれから始まる日々に胸を弾ませていた。

4

まぶしい。それが桝井先輩だ。生き生きと走る姿も、みんなに声をかける姿もそうだ。見た目がいいのもある。少し茶色がかった涼しげな目に、きゅっと口角が上がった口。笑っていてもはしゃいでいても、桝井先輩はいつも凛《りん》としている。でも、何より桝井先輩がキラキラして見えるのは、誰に対しても何に対してもきちんと向かうからだ。桝井先輩は威張ったりびびったりしないし、慌《あわ》てたり怒ったりしない。いつも優しく朗らかだった。

だけど、最近、そんな桝井先輩に陰りが出てきた。不調なのだ。桝井先輩は夏休みに入ったあたりから調子を崩していた。単純な野外走ですら、後半になると身体が重くなる。3キロ九分台をキープしてはいるけど、それはただ維持するだけの走りで、勢いもパワーもない。桝井先輩らしい抜けるようなすかっとした走り。それをしばらく見ていない。

スポーツには故障はつきものだし、伸び悩む時期もある。現に設楽先輩も三年生になって記録が落ちている。でも、それは何とかなる種類のものだというのが僕でもわかった。設楽先輩は今ある小さなハードルさえ越えれば、いつもの走りができる。しかし、桝井先輩は違う。力が感じられないのだ。そして、そのせいか、桝井先輩はほんのわずかだけれど、いつもと違う空気を漏らすようになっていた。

今まで桝井先輩はどんなに練習がハードな時でも、苦しそうな顔すらしなかった。

顧問が上原先生に変わった直後だって、誰より愕然《がくぜん》としたはずなのに、部長として僕たちを盛り上げていた。それなのに、最近は考えこんだり、不安そうにしたりする姿を見せることもあった。もちろん、桝井先輩はそれに誰かが気付く前に、にこやかに笑って見せる。けれど、そのふとした瞬間が僕には気になってしかたがなかった。

そんな中、駅伝練習が始まって最初の本格的な記録会に行くことになった。僕は一年生の時から、大会でも練習会でも外へ行くのは好きだった。自分自身を試せる機会だというのもあるけど、桝井先輩の走りを広い場で見るのは気持ちよかった。桝井先輩の走りは、大きな競技場だと一段と映える。でも、今回は気が重かった。桝井先輩の調子の悪さが、記録として現れてしまうかもしれない。そう思うと、落ち着かなかった。

桝井先輩が出る一組目のレースを、二組にエントリーした僕と設楽先輩は、並んで見つめた。一組の選手は、足や腕の筋肉の付き方からして違う。無駄のないしなやかな身体。3キロを九分台前半で軽く走る選手たちだ。

レースは静かに始まった。みんな走りなれているから、無駄に飛ばしたりはしない。スピードだけでなく冷静さがある。スタート直後は、桝井先輩も先頭集団の中ほどにつけて走っていた。ここまではいつもの桝井先輩だ。

しかし、2キロ地点を通過し、みんなが速度を上げ始めると同時に、桝井先輩は先頭集団からこぼれはじめた。ほかの選手のようにスパートをかけることができないのだ。桝井先輩は走った分だけ、消耗している。新たな力がわいていない。みんなが勢いよく進んでいく中で、桝井先輩は第二集団の後ろまで追いやられた。

本来の桝井先輩には突き出てくるような力があるのに、今目の前を走る桝井先輩は足も腕も重い。何度も勢いをつけようと身体をゆすってはいるけど、切り替わらない。桝井先輩の身体はただ足を進めることだけでめいっぱいだ。どれだけ走っても疲れないのだろうかと僕を驚かせていた桝井先輩はいない。

「あともう少しだよ、上げていこう!」

僕は必死で叫んだ。設楽先輩も「桝井、ここから」といつもより鋭い声を張り上げている。

けれども、桝井先輩のスピードは最後まで上がらなかった。振り絞ろうとしたって、桝井先輩の身体には何も残っていないのだ。ゴールした時には、十二位。三位以内に入らない桝井先輩を見たのは初めてだった。

「大丈夫ですか?」

僕はゴール地点に駆けよった。

「ああ、平気」

桝井先輩はタオルで汗をぬぐいながら答えた。

「調子悪かったですね」

僕はできるだけ軽く響くように慎重に言葉を発した。

「ああ、そうだな」

桝井先輩の息はいつもより上がっている。桝井先輩はいったいどんな気持ちで結果を受け止めているのだろうか。何か言わなくては。でも、励ますのは違ってるしアドバイスなんてできるわけがない。何を言おうか迷っている僕に、桝井先輩は、

「悪いな。うまく走れなくて」

と、申し訳なさそうな笑みを浮かべた。その頼りなげな顔に、僕は胸がかきむしられるように苦しくなった。

桝井先輩は僕の憧《あこが》れだ。自信に満ちて輝いていて、そばにいるだけで僕までがいい気分になった。だけど、今の桝井先輩は違う。いつも僕のずっと先を走っていた桝井先輩が、僕と同じ場所にいる。それに失望しているわけじゃない。ただ、その桝井先輩に、僕の心はどうしようもなく揺らされていた。

「次、俊介だろ？　がんばれよ」

わけのわからない感情がわいてくるのに戸惑っている僕に、桝井先輩が言った。桝井先輩はもういつものすっきりした顔をしている。

今僕がすべきことは走ることだ。今まで以上に速くならなくてはいけない。桝井先輩が本調子でないならなおさらだ。本来の桝井先輩にかなうぐらいの走りをしなくては。

「行ってきます」

僕は出発地点へと急いだ。

「よし、昼ごはんにしよう。やっぱりこれがないとな」

全員のレースが終わり、みんなでダウンを済ませると、桝井先輩が朗らかに言った。みんな「腹減った」「やっと飯か」などと騒ぎながら鞄《かばん》から食べ物を出す。記録会や練習会の後は、いつもテントで昼ご飯を食べる。迎えのバスが来るまでの十五分程度だけど、みんなこの時間を嬉々《きき》として楽しんでいた。

「ただのバナナでもテントで食うとうまく感じるんだよな」

ジロー先輩が満足げにほおばっている横で、大田先輩が「おい、見ろよ」と隣のテントを指差した。

「なんだよ」

みんなで大田先輩の指すほうに目をやると、隣のテントでは、加瀬中の女子陸上部が笑い声を上げながら弁当を食べていた。

「かわいい子そろってんじゃん」

「おお、本当だ。この辺の中学校じゃ、レベル高いね」

大田先輩が言うのに、ジロー先輩も賛同した。

「俺、右端の腕まくりしてる子だな」

「大田意外と純情そうな子が好きなんだ。俺は、今パンかじってる子」

ジロー先輩と大田先輩は誰がかわいいかを決めるのに、盛り上がりだした。

「まったく、失礼だよ」

上原先生はそんな二人にあきれた声を出し、差し入れに来てくれたジロー先輩のお母さんも、「あんたたちなんて誰も相手にしないよ。もうちょっとましな話できないの」と、いつものようにジロー先輩の頭をはたいた。

「いつも駅伝や勉強の話してるほうがおかしいって。俺たち中学生だぜ」

勉強の話などしたことない大田先輩がそう抗議して、

「そうそう、女の子の話してる時が一番幸せ」とジロー先輩も笑った。

レースが終わった後のこういう平和な空気はいい。プレッシャーや必死さから解き放たれた心地よさがある。桝井先輩もいつもどおり、明るい表情をしている。さっきのレースのことはひとまず忘れられているのだろう。よかった。僕はのんびりした気分でカロリーメイトをかじっていた。けれど、ジロー先輩が次に発した言葉に僕の耳は痛いくらいにとがった。

「な、桝井は？　どの子がいい？」

桝井先輩に好みの女の子を尋ねている。それだけだ。それなのに、僕の身体はこわばっていた。桝井先輩の答えに全神経がひりつくほど鋭くむけられていた。

「そうだなあ。俺は一つに髪の毛くくってる子かな」

桝井先輩がそう答えるのと同時に、僕の身体の中心に握りつぶされたような痛みが走った。心臓は保てなくなるほど激しく打っている。いったいどうしたっていうんだ。普通のやり取りがされているだけじゃないか。そう自分に言い聞かせてはみたけど、どうしようもなかった。

僕はどこかで何かを期待していたのだろうか。桝井先輩が女の子なんて興味がないとでも言うと思ったのだろうか。いや、それは違う。そんなことはわずかにも思っていない。ただ、今目の前にある現実に、息苦しくなっているのは事実だ。これ以上テントの中にいることはできなかった。

「うわ、おいしそう」

僕はテントを抜けだすと、離れて弁当を広げている渡部先輩のところへ向かった。

「なんだよ」

「一人で食べるの寂しいだろうなと思って」

「そんなわけないだろう」

渡部先輩は横に腰かけた僕をちらりと見ただけで、またこそこそと弁当を食べ始めた。驚いたことに、渡部先輩の弁当はものすごく豪華だ。一つ一つきちんと手が加えられているものばかりで、冷凍食品なんて入っていない。

「お前、食うものないのかよ」

弁当を覗《のぞ》きこんでいる僕に、渡部先輩が言った。

「いや、そうじゃないけど」

「しかたないな。食えよ」

渡部先輩に目の前に弁当箱を差し出されて、僕は遠慮なく豚肉をつまんだ。梅干が巻かれた豚肉は、ほんのり甘酸《あまず》っぱい優しい味がした。

「俊介の走り、どんどん勢いが増していくな」

渡部先輩は弁当を片づけると、競技場のグラウンドを眺めながら言った。

「そう？」

「ああ。俺、陸上部じゃないし、ずっと見てるわけでもないけど、それでも俊介が走るたびに強くなっているのがわかる」

「渡部先輩もいい走りしてますよ」

僕が言うのに、渡部先輩は「適当なこと言うなよ」と顔をしかめた。

いくらでも強くなりそうな、たくさんの可能性が含まれている走り。渡部先輩は僕の走りをそう評した。本当にそうだろうか。だとしたら、僕にはどれくらいの可能性があるのだろうか。

5

九月も中盤を過ぎて、夏が遠ざかり始めた。この辺りは秋が近づくのがはっきりとわかる。蛙《かえる》や蟬《せみ》のけたたましい声は聞こえなくなり、田畑の収穫も始まり目に見える緑の量がぐっと減る。日が暮れだすと、肌にあたる風が冷たい。もう駅伝本番も間近だ。

ここに来て、みんなの走力も上がってきた。未経験者はすぐに伸びる。渡部先輩やジロー先輩や大田先輩は、面白いくらいに速く強くなっていた。

その一方で、桝井先輩の調子はなかなか上がらなかった。二回目の記録会では、前回の十二位より二つ順位を上げたものの、結果は十位にとどまった。

「二つ上がったし許して」

桝井先輩がふざけて言うのに、

「この調子で行けば次は八位ですね」と、僕も精一杯冗談めかした。

僕自身は、速くなってきてはいるけど、本来の桝井先輩にはまだ遠かった。いつも後半に余力を残してしまう。もっともっと身体に3キロの走りを覚えこませなくてはいけない。


駅伝大会が着々と近づく中で、衝撃的なことが起こった。桝井先輩が区間を発表したのだ。大会まで一ヶ月を切っているし、上原先生はよくわかっていないから、桝井先輩が区間を決めるのはいい。みんなが困惑したのは、その配置だ。桝井先輩は自分を5区に、僕を6区に持ってきた。

当然桝井先輩が最後を走ると思っていたから、僕が6区になったことへの驚きは大きかった。でも、同じくらいショックを受けたのは、桝井先輩の言葉だ。発表した区間にいつまでも納得しない上原先生に、「満田先生が戻ってきてくれたらな」と桝井先輩は切り返した。

桝井先輩は決してそんなことを言う人ではない。他人から攻撃されたとしても、大らかに受け止めてしまえる。自分の調子が悪くても、みんなを気遣い盛り上げる。それが桝井先輩だ。その桝井先輩が他人を傷つけたのだ。

不安や焦《あせ》りが、桝井先輩から優しさや大らかさを削り取ってしまっているのだろうか。桝井先輩を支えている誰よりも走れるという自信は、僕が思う以上に崩れてしまっているのだろうか。

「驚いた？」

区間を発表した後の帰り道、学校前の坂を下りながら、桝井先輩は僕に訊《き》いた。もうほとんど残っていない太陽の光が、弱々しいオレンジ色を空に広げている。

「うん、まあ」

「おれ、結構まじめに考えたんだよ。今の俊介、やっぱり速いしさ」

区間を発表した時の深刻さはもうなく、桝井先輩は軽やかに言った。

「そうかな」

「俊介、この一ヶ月で目を見張るぐらい力をつけてるし」

「まあ……」

僕はどう答えていいのかわからず、あいまいな返事しかできなかった。

「なんていっても、俊介は乗ってるからな。駅伝には勢いが必要だし」

「そうですね」

「今の俊介のパワーだったら、どんな状況でも自分の走りに持っていける。俊介なら何区だって走れるよ」

褒められているのに、嬉《うれ》しくなかった。桝井先輩は本当はどう考えているのだろう。僕の頭は混乱するばかりだった。

「うまく走れるといいですけど」

「俊介なら大丈夫だよ」

「そうかな」

「絶対大丈夫に決まってる。それに……、本当はもっと走れるだろ、俊介」

坂を下り終えると、桝井先輩は足を止めて僕の顔を見た。

「もっと走れるって？」

僕も桝井先輩を見上げた。桝井先輩は僕よりほんの少し背が高い。

「俊介、おれを抜いちゃいけないって思ってるんだろう。もう少し走れるのに、どこかでストップかけてる」

「どういうことですか？」

「もっと本気出して走っていいんだ。おれに遠慮することなんかない」

桝井先輩が真顔で言うのに、身体が冷やされていくのを感じた。

桝井先輩は、そんな見え透いたことを、漫画やドラマで使い古された安っぽい青春みたいなことを、僕がすると思っているのだろうか。僕は桝井先輩を慕っている。だけど、いや、だからこそ、走ることに関しては真剣だ。それが桝井先輩の気持ちに応えることだとも思っている。そんな簡単なことも桝井先輩はわからないのだろうか。

「そうですね」

僕は投げやりにうなずいた。何も言いたくなかったし、何も考えたくなかった。そんな僕に、桝井先輩はにこやかに「そうだよ。がんばれよ」と言った。

やりきれない気持ちは僕の中で渦巻いて、なかなか飲みこめなかった。この渦を抱えたまま家には帰りたくなかった。一人になれば、考えてしまう。自分で自分の気持ちを解いて明らかにしていくのは、怖かった。桝井先輩と別れた後、僕は修平の家のチャイムを鳴らしていた。

「よ、俊介。さすがに疲れてんな」

修平はトレーナーに短パンのくつろいだ格好で出てきた。

「もしかして夕飯中？」

「まだだけど。どうした？」

「いや、ちょっと帰り道に寄っただけなんだけど」

どうしたと言われて困っている僕に、修平は「そうだ、空き地で菓子食おう。俺、ポテトチップとってくる」と言ってくれた。修平の家の前の空き地で持ち寄った菓子を食べながら、どうでもいい話をする。僕たちは小学生の時からよくそうやって過ごした。

「練習、厳しくなってきてんだな」

汚れるのも気にせず草の上にあぐらをかいた修平が言った。

「もう本番まで一ヶ月もないからね」

「俊介、二年一人だし、やっぱ大変だよな。本当は俺だって、走れなくても練習ぐらいは行くべきだったよな」

修平はよくそう言ってくれた。でも、一人なのは苦じゃなかった。中学校での学年の違いは大きいけど、走っている時は先輩後輩の開きは消すことができた。

「それはいいんだ。三年生はみんないい人ばっかだし、でも、それがさ、今日区間が発表されて」

「おお。俊介、何区?」

僕はアンカーに決まったことを話した。修平は「それはおかしいよな」と同意してくれたし、「でも、俊介だったら走れる。がんばれ」と励ましてもくれた。これで気持ちが少しは楽になるはずだった。だけど、僕の心の中の渦は一つも消えていない。本当は僕が打ち明けたいのはこんなことではないのだ。僕はそっと口を開いた。

「桝井先輩がさ」

「桝井先輩がどうした?」

「ずっと不調なんだ」

「そうみたいだな」

「それを見てて、気付いたっていうか……」

「俊介、桝井先輩のこと本当によく見てるもんな。もはや観察だ」

もうすぐ色濃くなる夜の一歩手前、修平が笑っているのがかすかにわかる。

「そうなんだ。それでさ」

「入部した時から、俊介、相当憧れてたからな」

「最初はそうだと思ってたんだけど」

桝井先輩に憧れてあんなふうになりたくて陸上部に入った。一緒にいられることが楽しくて、いつも桝井先輩の後をついていった。でも、今の僕は、それ以上を求めてしまっている。どう名づけていいのかわからない気持ちを、自分でも持て余していた。

「桝井先輩、かっこいいもんな。あのさわやかさは、憧れるに値する」

「そうなんだけど、でも、今は憧れじゃなくて」

「まさか俊介の憧れが消えたりすんのか？　でも、いくら桝井先輩だって、駅伝が近づけば疲れてかっこ悪くなるよ」

「かっこ悪くたっていいんだ。僕は……」

「あの桝井先輩を疲れさすなんて駅伝って大変なんだな。走ってもない俺が言うのもなんだけど」

修平との会話はうまくかみ合わない。僕が言いたいのはそう言うことじゃなくて……。そう言おうとして、やっと気付いた。修平は僕が本質に入ろうとするのを、はずしているのだ。

もう一歩踏み出すべきなのだろうか。ずばり本題に入るべきなのだろうか。僕は横で、「俊介は今二年生の中でちょっとしたスターだぜ。一人で駅伝に参加してるんだからな。俺の周りの女子たちも河合君ってかっこいいって言ってるよ」と話を盛り上げようとしている修平を眺めた。

「俺たち友達だよな」「やっぱ親友だ」そんな言葉を中学校という場で、僕らは何度耳にしているだろう。先生は「一緒にいて楽しいだけが友達じゃない」などとお決まりのように言う。道徳の教科書には仲間や友情を題材にした話がぎっしり載っている。だけど、友達ってなんなのか、親友ってなんなのか、きっと僕らは知らない。一緒にいて楽しいだけじゃ、寂しい。そんなことはわかる。自分の中を開けられる人がいたら、抱えているものは軽くなる。それも知っている。でも、友達にそこまで開いていいのだろうか。

「な、それより、大田先輩って怖くないのかよ」

修平はぼんやりしている僕の肩をたたいた。

「大田先輩？」

「そう。大田先輩が駅伝してるなんて、びびるよな」

「それがさ、大田先輩って意外とまじめなところがあるんだよね」

一緒にいて楽しい人までがいなくなるのはつらい。僕は大田先輩の駅伝での様子を面白おかしく話した。

6

九月三十日、最後となる試走が行われた。空はあいにくの曇りだった。わずかではあるけど、天気は僕らに影響を与える。朝の早さと空の冴《さ》えのなさのせいで、みんなの口数はいつもより少なかった。

「空は重いけど、走ったら軽くなるよ。でも、湿気が多いと大田の黒彩がべたつくか」

準備体操をしながら桝井先輩が笑うのに、

「うっせえな。最近の黒彩は質がいいんだよ」

と、大田先輩は眉をしかめて答えた。

「設楽は曇りの日に強いもんな。記録会でも晴れの時より天気悪いほうがいい結果出てるし、こういう天気もいいかもしれないな」

桝井先輩はみんなを盛り上げようと懸命になっている。自分の走りで頭がいっぱいのはずなのに、しんどくないのだろうか。僕はなんだかいたたまれなかった。

「でも、俺雨好きだよ。濡《ぬ》れながら走る姿って、感動的だもんな」

ジロー先輩がアキレス腱《けん》を伸ばしながら言うのに、

「どこが感動的なんだよ」

と、渡部先輩がすかさず突っこんだ。

「困難を乗り越えて走ってるって、みんなの涙をそそるだろう？」

「雨ごときで困難だとか、お前って本当の馬鹿《ばか》だな」

渡部先輩があきれるのにもかまわず、ジロー先輩が「みんなが雨の中走ってるバックで、お前がサックスで崖《がけ》の上のポニョとか吹いたら感動倍増だぜ」とふざけて、みんなはどっと笑った。

ジロー先輩は本物のお調子者だ。そこにはねらいも構えも気遣いもない。それが僕らを和ませた。

最後だという緊張や天候など、走り出してみると関係なかった。みんな本番に向かって意識が高まっているのだ。

桝井先輩は九分四十二秒で5区を走った。桝井先輩なら九分十秒台で走れるコースだ。三十秒。その埋まらない時間は、どれくらい桝井先輩を追い詰めているのだろう。

僕は今までどおりに焦らず、今まで以上に集中して走りに向かった。桝井先輩を越えてはいけないなんて、思うわけがない。後輩より速いなんていう目の前の優越感など、桝井先輩にとって意味がないことを知っている。桝井先輩が本当に願っているもの。それをかなえたかった。

いつもの桝井先輩の走りをイメージしてみる。前半は抑えるわけじゃない。勢いに身体《からだ》を慣らしながら、力を蓄えていくのだ。そして完全に身体がペースに乗った時、力を解放させる。頭の中に描いた桝井先輩をなぞって僕は走った。九分三十六秒。複雑なコースである6区の記録にしては上出来だ。

「今日の俊介の走り、すごく勢いがあったね」

昼の休憩になって、設楽先輩がそう言ってくれた。設楽先輩はあんまり言葉を発しないけど、ちゃんと見てくれている。

「本当？　それならよかったです」

僕は大きな声で答えた。最後の試走を終えた解放感か、昼ご飯を食べるテントの中はいつもに増してにぎやかだ。ジロー先輩も大田先輩も遠足かのようにはしゃいでいた。

「最初だけとか最後だけとかじゃなくて、3キロ全体的にバランスが良かったよ」

「ありがとうございます」

僕が頭を下げると、設楽先輩は「いや、僕が言うことじゃないけど」と照れくさそうに目を伏せた。

「俊介、今日も調子よかったな」

桝井先輩も僕の走りを褒めてくれた。

「うん、まあ」

「やるじゃん。かっこよかった」

「ありがとうございます」

「やっぱり走れるんだな、俊介」

やっぱり。残念ながら桝井先輩はそう言った。

少しだけど今日の僕のタイムは桝井先輩より上だ。次に続くだろう言葉は、どうしたって聞きたくなかった。

「僕も設楽先輩みたいに曇りに向いてるのかな。えっと、あれ、また渡部先輩あんなところにいる」

僕は桝井先輩が言葉を続ける前に、テントから逃げ出した。避難できる場所があってよかった。

「なんで、お前は食う時になるといつも来るんだよ」

僕が近づくと、案の定渡部先輩は苦々しい顔をした。

「試走も最後なのに一人は悲しいでしょ？」

「俺はこのほうが落ち着くんだ」

「ま、僕もここが居心地いいんですけどね」

「うっとうしいやつだな」

渡部先輩はしかめっ面《つら》のまま、隣に座った僕に弁当を差し出してくれた。

いつも渡部先輩の持ってくる弁当は、本当においしそうだ。僕はすぐさま鶏《とり》の照り焼きを手にした。甘辛いたれの奥に生姜《しょうが》の味がする。うちのばあちゃんと味付けが同じだ。それを言うと、渡部先輩は不機嫌な顔をした。「ばあちゃん」という言葉を口にすると、必ず渡部先輩は眉をひそめる。いったい何が気に入らないのだろう。そう考えながら僕はだし巻きも口に入れた。やっぱりおいしい。桝井先輩の好きそうな甘めの味だ。そう感想を述べた僕に、渡部先輩は、「お前はなんでも桝井だな」と言った。

「え？」

「お前はすぐに桝井だな」

どういう意味で言っているのだろう。僕は渡部先輩の顔をうかがった。そして、答える代りに、

「渡部先輩は、おばあちゃんが嫌いなの？」

と、返した。

僕たちはお互いが何かを抱えているのに気付いている。そして、それに踏み込むべきか、それを開けるべきか、迷っている。僕はもう一度渡部先輩の顔をじっと見た。どうしようか。修平でさえそらそうとした僕の中身を、渡部先輩にほどいていいのだろうか。

「ばあちゃんしかいない俺が嫌いなんだ。俺、ばあちゃん子どころか、小学生の時からばあちゃんと二人で暮らしてる」

渡部先輩は二の足を踏んでいる僕を一笑すると、一気に扉を開いた。

「ばあちゃんと暮らしてから、父親とも母親とも一度も会ってないんだ。どうせ親の顔なんてぼんやりとしか覚えてないけどな」

生い立ちや育った環境、その中で苦悩している自分自身を、渡部先輩はするすると僕に開いて見せた。

「みんなと同じ普通の中学生を演じてたつもりだったんだけど、やっぱりどこか変な

んだよな」

「まさか渡部先輩って、普通っぽくするために、吹奏楽部に入って前髪伸ばしてるの？」

僕が訊くのに、渡部先輩は吹き出した。

「楽器なんか弾けたら恵まれた家庭っぽいかなと思ったんだけど、間違ってたよな。まあ、前髪は勝手に伸びてるだけだけど」

抱えているものは重いはずなのに、いつの間にか僕たちの話は、愉快なものに変わっていた。

「ということは、つくろったおかげで、渡部先輩はサックスが吹けるようになったんだ」

「だろうな。そのまんまの俺で生活してたら、俊介みたいにサックスとトランペットの違いもわからなかったな。自分をごまかしたおかげか」

僕はごまかすどころか、自分の奥底にあるものから完全に目をそらしている。そうすることで、心の中が痛まないようにしている。でも、自分に目を向けないままでいるのは苦しい。

「時々俊介にばあちゃんのことを訊かれて、俺どぎまぎしてたんだぜ」

「探ろうとしたわけじゃないんだけど、渡部先輩、たまに昔ながらの知恵を披露したりするから」

「俺、ばあちゃん似なのかな」

渡部先輩は軽く息を吐いた。眉間《みけん》のしわもとげとげしい表情もそこにはない。

次は僕だ。渡部先輩が開いたように、僕も開いてしまおう。そうすれば、きっと楽になる。そう弾みをつけてみて、自分の扉の重さに驚いた。今までそむけていた気持ちは、自分自身で持ち上げられないくらいに重くなっていた。

「渡部先輩、親友っていますか？」

「まさか。俺にいると思う？」

渡部先輩は見当違いの僕の言葉に驚きもせずに答えた。

「どういうのが親友かって難しいけど、自分の中を見せてもいいと思える相手は親友って呼んでもいい気がするんです」

僕はなぜかそんなことを言っていた。

「好きなんだろ？」

渡部先輩はだし巻きを食べながらつぶやくと、空を見上げた。

「たぶんね」

僕も空に目をやった。

ぼんやりと広がる雲は、取り除かれたりはしない。僕は何かを明かしたわけではないし、何も開けてもいない。でも、僕の奥底にほんの少し触れた人がいる。それはやわらかい光をもたらしてくれた。

7

僕と渡部先輩の襷《たすき》は短距離のリレーのように少しの隙《すき》も無駄もなく、確実に渡った。そのおかげで競《せ》り合っていた加瀬中を離し、僕は単独四位となった。5区で四位。十分県大会を狙《ねら》える位置だ。このまま四位を、少なくとも五位をキープすれば、きっといける。僕の足はかすかに震えていた。身体の細部までが意気込んでいるのだ。よし、走ろう。僕は思いっきり踏みこんだ。

最初に1キロほど平坦《へいたん》な道が続き、その後に下りがやってくる。5区は長い緩やかな下りが大半を占めるコースだ。今では使われていない田畑が並ぶ人通りも少ない道。桝井先輩が区間を発表してから、僕は何度も何度も5区のコース図を眺めていた。

「突然なんだけど、いけるかな」

今朝、校門をくぐるとすぐに、上原先生に訊かれた。

「僕が5区を走るんですね」

「まあ、そうなんだけど。あれ？　気づいてた？」

上原先生はいたずらがばれた子どものように肩をすくめた。

「いえ、そうじゃないけど」

区間が変更されることを感づいていたわけではない。でも、なぜかこうなることを、僕はどこかで知っていた気がする。最近の上原先生はちゃんと陸上部顧問だから、最後には正しい判断をしてくれると思っていたのかもしれないし、やっぱり桝井先輩がアンカーを走るのを待っていたのかもしれない。とにかく、僕には何の戸惑いもなかった。

「そうじゃないけど、賛成です」

「よかった。河合君、試走もしてないけど、いきなり5区大丈夫かな？」

それは心配いらない。桝井先輩が走る区間を僕が研究していないわけがない。5区のコースは6区と同じくらい頭に入っていた。

「任せておいてください」

十月も中旬に差し掛かった早朝は寒い。僕は冷たい空気に鼻をつんとさせながら、しっかりうなずいた。

下りを待つかのように、レース全体がゆったりとしていた。この後の下りで勝負が動くのだ。桝井先輩に繋《つな》ぐ前に少しでも前につめたい。みんなより先に勝負をかけよう。下りに差し掛かる手前で、僕はスパートをかけた。ところが、身体が反応しない。早くしなくては出遅れるともたついているうちに、下りに入ってしまった。こうなったら下りに乗せて大きく加速するしかない。僕は再び勢いをつけようとした。しかし、やっぱり足がうまく動かない。アスファルトがいつもより固いのだ。アップが足りなかったのだろうか。いや、違う。動かないのは足だけではない。震えているのは気合のせいだと思っていたけど、そうじゃない。プレッシャーで身体中がこわばっている。僕は緊張しているのだ。ここに来て初めて、それに気付いた。

落ち着け。本番だからってびびることはない。いつものように、そう桝井先輩のように走ればいいんだ。僕は心臓の高鳴りを抑えながら、桝井先輩の走りを思い描いた。桝井先輩はどんな時も焦《あせ》らない。いつだって冷静さは失わず、のびのびと走る。平常心が大事なんだ。ところが、そう言い聞かせている僕を、加瀬中は軽々と抜いた。加瀬中だけじゃない。周りのスピードは、坂が下るのに合わせてどんどん加速している。

僕を除いて、レースは大きく動いているのだ。だめだ、おいていかれる。そう焦って足をもつれさせた瞬間に、一人に抜かれ二人に抜かれ、僕は九位に順位を落としてしまった。

どうしよう。これでは桝井先輩に申し訳がない。桝井先輩の思いをかなえることができない。一刻も早く取り戻さなくては。僕はもう一度桝井先輩の走りを頭に浮かべた。伸びやかに身体を弾ませるあの走り。それをしよう。しかし、腕も足も言うことを聞かない。抜かれたショックか、ほどけない緊張のせいか、身体は縮まったままだ。桝井先輩みたいになんて走れそうもない。

いや、どうして僕は、桝井先輩の走りをしようとしているのだろう。こんな時までどうして桝井先輩をなぞろうとするのだろう。誰かのまねをしてうまく走れるわけがない。僕は何のために走ってるんだ。自分自身の走りをせずにどうする。5区は僕の区間だ。自分らしく走ろう。

僕は身体を揺すって、顔を上げた。前には五人の選手が見えている。余計なことを考えずに、一つ一つ詰めて少しでも順位を上げることが必須《ひっす》だ。僕は歩幅を広げ、下っていく加速に自分の身体を乗せた。下り坂は自然に足が進む。その流れに任せれば、次第に足も腕もリズムに乗り始めた。呼吸も安定し、いつものような伸びやかさが走りに戻ってきた。この調子だ。このまま進んで前を抜くんだ。僕は坂に合わせて身体を弾ませた。けれど、失った距離はなかなか取り戻せない。最低でも六位で襷を渡したい。そうしなくては県大会には行けない。僕の身体も頭もそれをわかっているのに、一つすら順位を上げることができないでいた。

「動いてるものを目標にするから、走りにくいんだよ」

一向に近づかない前の選手の背中をひたすら見つめる僕の耳に、桝井先輩の言葉が聞こえた。一年生のころ、先輩を追いかけながら走っていた僕に、桝井先輩が教えてくれた。

「たとえば、あの電柱を目指せばいいんだ。で、そこまで行けば、また次の電柱を目指す。そうやって少しずつクリアしていくうちにゴールできるよ。じゃあ、まずはあの電柱まで一緒に頑張ろう」

桝井先輩はそうやって、しょっちゅう僕の横を走ってくれた。

まただ。また僕は桝井先輩のことを考えている。走っている時、僕の頭には必ず桝井先輩がいる。

「誰かのために何かするって、すげえパワー出るんだな」

大田先輩が試走の帰りのバスでそう言ったことがあった。

「どういうこと？」

たまたま隣の席だった僕は訊いた。

「自分のためにできることなんて、たかが知れてるけどさ、でも、次にジローが待ってるとか、設楽が必死でここまできたとか、そういうの考えると、すげえ怖いけどすげえ力出る」

陸上部でもない大田先輩が、何度もスパートをかける強靭《きょうじん》な走りができるのは、自分だけのためではないからだ。

レースに乗って、勢いに乗って。それが僕の走りだ。だけど、僕を乗せてくれるのも、僕に勢いをつけてくれるのも、いつだって桝井先輩だ。桝井先輩に憧れて、あんなふうになりたいと思った。桝井先輩と一緒に走りたくて、力になりたかった。だから、僕は走っている。桝井先輩は走ってきた僕のすべてだ。そんなの、走る理由としては、正しくないのかもしれない。でも、僕らしい走り。それが桝井先輩のための走りだっていいじゃないか。来年、桝井先輩はここにはいない。桝井先輩のために走れるのは、今だけだ。桝井先輩に続く襷を握ることができるのは、今の僕だけだ。誰かのための力。堂々とそれを出したっていい。

僕は必死で走った。前の選手じゃなく、電柱を追いながら走った。次の一本まで全力。そして、さらにその次まで上げていく。そうして小刻みにスピードを上げていくと、前を行く選手の背中がすぐそばに迫った。もう少しだ。よし、次はあの角までピッチを上げよう。

「俊介、ラスト」

角を曲がると、桝井先輩の声が届いた。

「俊介、そこから短距離のイメージ」

桝井先輩のアドバイスに、僕の身体は素直に反応する。残りは100メートルを切っている。3キロ最後のスパートなんかじゃない。50メートル走のように、僕は最大限に身体全部を動かした。

「俊介、その調子。最後まで」

桝井先輩の言葉のままに、切り込むように走った僕は、ゴール直前で一人を抜いた。

桝井先輩に渡った襷は八位。渡したかった順位とはまるで違う。だけど、僕から襷を受け取ると、

「信用して」

桝井先輩はそう言った。

6区

きれいな空だ。十時を迎えようとしている空には、冷たい空気がぴんと張られている。小さく深呼吸をしてみる。今日の風は純度が高い。

陸上を始めてから、風の感覚がわかるようになった。春の風はやわらかく身体にまとわりつく。夏は湿気を帯びて重みのある風。秋になると水分が抜け、風は軽くなる。そして冬。寒さと比例して風は研ぎ澄まされ、刺すように吹く。

こうやって風を感じることは、あと何回あるのだろう。このはりつめた緊張感をあと何回味わうのだろう。逃げ出したくなるような怖さとそれ以上の興奮。今日で終わりにはしたくない。せめてあと一回、この空気を帯びた場に立ちたい。もう少しだけ、みんなと走っていられる時間を延ばしたい。おれにそれができるだろうか。今のおれに、それをかなえる力があるだろうか。

いや、考えてもしかたがない。走る前にあれこれ考えるのはよくない。気持ちは簡単に乱れてしまうし、身体はすぐにそれに引っ張られる。おれは筋肉を緩めるように軽くジャンプをした。もうすぐだ。もうすぐこの身体が持つすべてを出し切る時がくる。

しばらくして、俊介が走ってくるのが見えた。それと同時に、おれは叫んでいた。

「俊介、あと少し。ここまで」

疲れ切った俊介の足元はふらついている。それでも、俊介はおれをめがけて走ってくる。

「俊介、そこからダッシュだ」

俊介は周りの空気を切るように、まっすぐに向かってきた。汗がしたたり落ちる顔は刺すように真剣だ。でも、その奥に不安や心もとなさがちらついている。どうしてそんな顔をしているのだろう。初めての駅伝に重圧を感じているのだろうか。急遽《きゅうきょ》走ることになった5区にてこずったのだろうか。いや、違う。そんなことじゃない。

「6区を走るのは桝井君だよ。そしたら、みんなの気持ちを見せてあげる」

今日の朝、上原はそう言った。

わかってる。今日までみんなと走ってきたんだ。ここまでみんなとやってきたんだ。ちゃんとわかってる。

俊介はちぎれそうな表情のまま、俺の手へと襷を伸ばした。襷は握りすぎてぐしゃぐしゃになっている。

「信用して」

おれは襷を受け取ると、そう言った。

1

えらくなんてならなくていい。周りを優しく暖かく照らせるような人になるのよ。

両親はそう言って、おれを日向《ひなた》と名付けた。父も母も、世の中に悪い人はいないと本気で思っているような善人で、たくさんの愛情を持っておれに接してくれた。

身体を動かすことが大好きだったおれが、最初に興味を持ったのは野球だ。小学校三年生になって、おれはリトルリーグのチームに所属した。住んでいる町には野球チームがなかったから、隣の市のチームに所属し、練習のたびに母親が送り迎えをしてくれた。

野球は楽しかった。思いっきり身体が動かせるし、みんなで一緒にプレーするのも面白かった。おれがいたチームは二年生から六年生まで三十人近くいて、みんなで和気あいあいとやっていた。

四年生になった時、おれはレギュラーに抜擢《ばってき》された。レギュラーは五年生と六年生ばかりで異例のことだったけど、監督の期待どおりおれは大いに活躍した。足の速さを生かして盗塁を決め、ライトの守備でもファインプレーを見せた。そのたびに監督もみんなも喜んでくれていた。

「調子に乗るなよ」と言う先輩もいた。年下の上に、おれだけ他の地域から参加している。面白くないと思うやつがいても当然だ。だけど、どんな相手であっても、人を嫌うのはよくない。いつも思いやりを持って接しなさいと教えられていたから、そんな先輩にもおれはにこやかに対応し、さらに努力を重ねた。周りからしてみると、そんなおれはよけいに気持ち悪かったにちがいない。おれに対して嫌な言葉を向けてくるチームメートは増える一方だった。けれど、そんなこと気にもならないくらいおれは野球に夢中になっていた。

そんな夏の練習試合の時だった。相手チームは去年のリトルリーグの優勝チームで、勝てそうもないと、始まる前からみんなのやる気は低かった。それでもおれは懸命にプレーをした。点数には繋がらなかったけど、ヒットを打って出塁し、盗塁も二つ決めた。しかし、意気込んでいたのはおれだけだった。十二点もの大量リードを奪われた四回の裏、攻撃が始まる前だ。監督に聞こえないように、「負けるんだからさ、さっさと終わらせようぜ」とキャプテンが言い、「そうだな。早く帰りたいな」と同意する声が聞こえた。とんでもない。どんな試合でも最後まで一生懸命にやるべきだ。おれは、「がんばろうよ。ちゃんとやろうよ」とみんなに言った。

その試合の後だった。ミーティングが終わり、荷物を片づけていたおれに、「いい子ぶってんじゃねえよ」と、キャプテンが球を投げてきた。危ないと、とっさに持っていたバットで球をはじき返した。運悪く、その球はキャプテンの顔に当たった。キャプテンは泣き叫び、みんなはひどいとおれを非難し、監督はなんてことをするんだと怒鳴った。そこから先はよく覚えていない。相手の家に両親と共に謝りに行き、そのままチームに退会届を出し、家に帰ったころには母親は泣いていた。

「野球がうまくなくたっていい。人を傷つけるような子にはなってほしくない」

母親はそう涙をこぼした。

「周りに妬《ねた》まれるんじゃない。周りに慕われる人間にならなくちゃいけない」

父親も低い声で同じようなことを何度も言った。

両親の教えどおり、誠実に物事に向かっていたはずだった。人を傷つけた覚えもなかった。何が間違っていたのかわからない。ただ、みんなでスポーツをするのはものすごく難しいことなのだ。それを思い知った。

そんなおれを救ってくれたのが、走ることだ。小学校五年生になった時、担任の先生から小学生陸上大会に出るように勧められた。野球をやめ、学校の体育クラブや授業で運動はしていたものの、物足りなさを感じていたおれを、陸上が救いだしてくれた。走ることは心地よかった。野球よりシンプルだけど、その分自分の力をはっきりと感じることができた。ポジション争いもなければ、誰かに遠慮することなく思う存分力も発揮できる。野球をやめてぽっかり空いていた穴を、埋めてくれたのは陸上だった。

そして、走ることにのめりこみ始めるのと同時に、おれは二度と失敗を繰り返さないように注意深くなっていた。野球をやめた日、おれの味方は一人もいなかった。チームのために練習に励んでいたはずなのに、おれは嫌われ者でしかなかった。泣きじゃくるキャプテンを囲みながらみんながおれに向けた責めるような目は、いつまでたっても忘れられない。もうあんな思いはしたくない。野球を失ったみたいに、陸上まで失うわけにはいかない。

「大丈夫?」

部活終了後、グラウンドを出て行こうとしたおれに、設楽が声をかけてきた。

「え？」

「な、何か怒ってるのかなって」

「まさか」

設楽が遠慮がちに言うのに、おれは自分の顔を触った。無意識に険しい顔になっていたのだろうか。

「き、気のせいならいいんだ」

「気のせいに決まってるじゃん。天気もいいし明日は土曜日だし、いいことばっかなのに」

おれは空を見上げて笑って見せた。五月も半ばに入った空はきれいな夕焼けを作っている。明日も明後日《あさって》も雨など降りそうにない、すっきりとした空だ。

「そっか、そうだよな」

おれは「いちいち気にするなよ」と設楽の肩を揺すった。だけど、気のせいではなかった。設楽の言うとおりだ。驚いたことに、おれは湧《わ》き上がってきそうになるいらだちを抑えようと必死だった。

今年の四月、陸上部の顧問が満田先生から上原になった。中学校に入学してから、おれはずっと満田先生を信じてやってきた。厳しい練習もこなしたし、先生の期待に応《こた》えようと懸命だった。だから、顧問の交代に愕然《がくぜん》とする気持ちはぬぐえなかった。でも、教師の異動は珍しいことではない。どうしたって状況は変わらないのだ。上原は見るからに頼りなさそうだけど、しかたない。がんばれば何とかやっていける。そう自分を納得させた。しかし、上原は想像以上だった。

最初のミーティングで、上原は陸上について何も知らないし、スポーツは苦手だと言いはなった。いざ練習が始まってみると、もっとひどかった。上原は練習メニューもわからず、アドバイスなどできもせず、ただおれたちを眺めているだけだった。

一ヶ月以上経《た》ったというのに、今日も上原は「よくわからないけど、ペース走かな」と昨日と全く同じ練習メニューを発表し、ぼんやりとおれたちが走るのを見ていた。こんなことで強くなれるのだろうかという焦《あせ》りは、日に日に増すばかりだった。そして、不安や焦りが高まるほど、怒りに近い気持ちが生まれてきた。こんな気持ちになるなんてよくないことだ。そうわかってはいても、いらだちを消すのは難しかった。

「駅伝もあるし、桝井は部長だし、いろいろ大変だからな」

設楽はまだ心配そうにしている。

「そんなの余裕、余裕」

「そう？」

「もちろん。さっさとメンバー集めて今年も駅伝は県大会出ようぜ」

「出られるかな」

「出られるに決まってるじゃん」

不安を振りきるように、おれははっきりと言った。

市野中学校は十八年連続で駅伝の県大会に出ている。ここ最近生徒数が減ってきているけど、逃したことはない。それが途絶えるなんてことになったら、周りの落胆はただごとではないはずだ。陸上部員だって、部長のおれに失望するだろう。みんなをがっかりさせてはいけない。絶対に県大会進出は果たさなくてはいけないのだ。

2

「疲れてるの？」

登校前、玄関で母親に呼び止められた。

「どうして？」

「最近、日向、顔色さえないから」

「もうすぐ梅雨だからかな」

「それだけならいいけど。今日も頑張って。日向、部長だもんね。みんなが気持ちよく部活できるようにね」

「わかってるって」

「日向がしんどいと思う時は、みんなもしんどいはずだから」

「はいはい」

おれはさっさと「行ってきます」と言うと、家を出た。

母親や父親が述べるもっともな言葉に、時々うんざりさせられた。両親とも勉強を強いることもないし、おれの意見もよく聞いてくれる。だけど、みんなに慕われるようにね。困っている人がいたら助けてあげなさい。などと言われるたびに、おれは困惑した。しっかり勉強しろ、良い高校に行け。そう言われるほうがよっぽど楽にちがいない。そうため息が出そうになった。

贅沢《ぜいたく》な悩みだ。最近のおれは小さなことでいらついてしまう。この苛立《いらだ》ちを作るおもとは不安だ。陸上部の練習はそれなりに流れに乗り始めた。でも、駅伝に関しては何の手も打たれていない。いつもなら満田先生がチームを作ってくれていたけど、今年はそれを望めない。どう目指せばいいのかすらわからない漠然とした不安が、苛立ちを生むのだ。設楽や俊介だって同じはずだ。みんなを安心させるためにも、何より自分のためにも、まずはチームを作らなくてはいけない。


「やっぱりここにいたんだ」

人気のない場所を探していくと、テニスコートに大田はいた。

「なんか用かよ」

大田はベンチの上であぐらをかいて、一人で優雅にタバコを吸っていた。

「駅伝やろうって誘いに来たんだ」

「駅伝ってなんだよ」

大田はタバコをくわえたまま、おれをちらりと見上げた。

「駅伝って駅伝だよ。みんなで走るやつ。大田、小学校の時やってたじゃん」

おれは大田の前にどかっと座った。昨日の雨のせいで、地面はじっとりしている。

「そんなこと知ってっけど」

「よかった。ということで、今年は大田も走ろうぜ」

「今年は走ろうぜってどういう意味だ？」

「どういう意味って、大田も駅伝メンバーになるってこと」

「駅伝メンバーってなんだ？」

あまりに唐突なおれの誘いに、大田は悪態をつくのも忘れて、訝《いぶか》しげな顔をしている。そりゃそうだ。まともに教室にも入らず部活にも参加していない大田を駅伝に誘うなんて、おかしな話だ。けれど、駅伝チームを作ろうと考えた時に、最初に頭に浮かんだのは大田だった。

おれとそっくりだ。小学校五年で大田と同じクラスになった時、そう思った。おれは大田みたいに大胆じゃないし、攻撃的でもない。大田もおれほど愛想はよくないし、友好的ではない。でも、大田の走ることへのひたむきさはおれに匹敵するものがあった。

大田は勉強はどうしようもなかったけど、走ることには夢中だった。全校遊びの鬼ごっこや運動会、どんなものでも嬉々《きき》として走っていた。そして、走っている時の大田は傍から見ても輝いていた。野球をやめたおれが走ることで息を吹き返したように、大田も走っている時はいきいきしていた。そんな大田と走りたい。競いたい。ずっとそう思っていた。

六年生の小学校駅伝の時、本格的に大田とともに走る機会がやってきた。そのころの大田は髪の色はおかしなことになっていたし、勉強は完全に放棄して乱暴なことばかりしていた。それでも、大田は駅伝練習にはちゃんとやってきた。本当に走ることが好きなのだ。

大田とする練習は楽しかった。ただのジョグであっても、大田は食い入るように走ったし、タイムトライアルをしようものなら、後ろから鬼のように追いかけてきた。大田はがっついて前のめりに走る。俺のリズムに乗った走りとは全然違う。それがまたそそられた。

他のことを投げ出していた大田にとって、駅伝練習は唯一《ゆいいつ》打ち込めるものだったのだろう。走っている大田は、いつだって力に溢《あふ》れていた。

そんな練習の中ごろ、理由は忘れたけど、大田に殴られたことがあった。暴力をふるうのは大田にとって日常茶飯事だったから、殴られること自体はたいしたことではなかった。ただ、おれの口の端は大げさに赤くはれてしまった。これでは先生にばれてしまう。そのことにおれは焦った。先生は大田をあれこれ責め立てるだろうし、駅伝にもからんでくるだろう。大田が駅伝をやめることになったら困る。練習が楽しくなくなるし、大会で勝てる可能性だって低くなる。それに、大田から走ることを奪うのは、やってはいけないことのように感じた。おれは先生に見つからないように慌《あわ》てて帰って、五歳も年下の弟とケンカしたことにして、うまくごまかした。

それなのに、それからしばらくして大田は駅伝をやめてしまった。怪我《けが》をしていたらしいという噂が流れたけど、大田は学校にあまり来なくなっていて確かめることもできなかった。もう一度、大田と走りたい。最後まで走ってみたい。その時から、そう思っていた。

「大田も駅伝チームの一員になって大会に出るってことだよ」

「大会に出るって、俺が？」

ようやく話がわかりだした大田は、思いっきり眉《まゆ》をひそめた。

「そう。メンバー足りないんだよね」

「お前、意味わかんねえ」

「簡単な話だよ。今三人しか駅伝走るやついないんだ。だから、大田も走ってよ」

「いやいやいや、おかしいだろ。俺に頼むの」

「どこが？　大田走るの速いじゃん」

「そういうことじゃねえって」

「走ったら楽しいよ」

「知ってっけど、そんなだりいこと俺がするわけねえじゃん」

大田はタバコの煙を吐き出して足でもみ消した。

「大田が参加してくれたら、県大会行けるのに」

「ばかじゃねえの。昔から思ってたけど、お前って変なやつだな」

大田は細めた目でまじまじとおれを見つめた。

「そう？　まあ、考えといて」

チャイムが鳴って立ち上がったおれは、「大田も五時間目授業行く？」と念のため聞いてみた。

「行くわけねえだろ。ひと眠りしたら、帰る」

大田はそう言って、ベンチの上に寝転がった。

「調子悪かったんですか？」

　１５００メートル二本を走り終えたおれのそばに、俊介が寄ってきた。

「いや、そんなことないよ」

おれは首を振ったけれど、いつもより汗が噴き出して、軽くめまいがしていた。

今日だけではない。ここ最近、身体《からだ》の調子がおかしかった。長い距離を走ると身体中が重くなり、その疲れがなかなかとれなかった。練習がハードになったわけじゃないのに、どうしたというのだろう。

「どこか痛みますか？」

俊介が心配そうにおれの身体を見つめた。俊介はおれのことをよく見ていて、些細《ささい》な変化でも目ざとく見つけてしまう。気を抜いちゃいけない。おれは汗をぬぐうと、「まさか」と笑った。

「つらそうに見えたんですけど」

「気のせいだろ？　絶好調なぐらいなのに」

「本当？」

「ああ。本当」

後輩に心配されてどうする。病は気からだ。不安や焦りで走れていないのだ。もっとしっかりしなくてはいけない。

「それよりさ、もうすぐ大田がチームに入るかもしれない」

おれは話題を変えた。

「大田ってあの大田先輩？」

「そう」

「嘘《うそ》でしょう?」

大田の不良ぶりは学校中に知れ渡っている。俊介は目を丸くした。

「少し前から誘ってるんだ」

「どうしてまた大田先輩なんですか?」

「大田、すげー走るんだ。速いし強い」

「でも、駅伝なんかするかな」

「するよ。うん。きっと来る」

駅伝の話に大田の目は食いついていた。それに、走ることは楽しいと知っていると確かに言った。

「そっか。楽しみですね。ちょっと、いや、かなりびびるけど」

俊介はそう笑った。俊介はいつもおれを後押ししてくれる。

「ああ。もうすぐ駅伝練習らしくなるよ」

今のところ練習に参加しているのは陸上部の長距離メンバーだけだ。ここに大田が加われば、少しは本格的になる。大田と走るのは絶対に楽しい。それを想像するだけで、不安は溶けていきそうだった。

3

　梅雨が明けると同時に、練習に大田がやってきた。大田は文句を言いながらも生き生きと走った。タバコを吸って不摂生をしまくっているとは思えない力強い走りは、かなりのものだ。これで県大会に近づいた。おれだけでなく、みんなが希望を感じたはずだ。あと二人。あと二人加われば、県大会を目指せる。ところが、そこからはなかなか進まなかった。

「あーあー、あいつって本当頑固だよな」

　夏休みに入って、音楽室に俊介と通い始めて一週間。今日も渡部に駅伝などやらないとあっけなく断られた。

「でも、そういうところが長距離にも向いてるでしょ?」

　俊介はなぜか渡部が気に入ってるらしく、むげに断られてもへこたれることはなかった。

「根気は相当ありそうだけどな。あいつ毎日飽きもせず同じ曲ばっかり吹いてるし。音楽って飽きないのかな」

おれが言うのに、俊介は、

「確かに。毎日聞かされて、僕までカヴァレリア何とかを歌えそう」

と笑った。

「カヴァレリア何とかってなんだよ」

「渡部先輩が吹いてる曲。ややこしくてちゃんと題名覚えられないけど、結婚した男の人が昔の恋人をまた愛してしまうオペラの歌なんだって」

「よく知ってるな」

「渡部先輩に聞いただけですよ。あれだけ毎日聞かされたら、何なのか知りたくなるし」

「まあ、そうだな」

　そう言いつつ、おれは内心少し驚いていた。俊介が何を吹いているのか渡部に訊《き》いていたことに。そして、自分がそんなことを気にも留めていなかったことに。

「何かいい手はないかな」

　俊介がつぶやいた。

　そうだ。いつまでもこんなことを繰り返している場合じゃない。少しでも早く何とかしなくてはいけない。夏休みにメンバーを集めて走りこんでおかなくては、駅伝では通用しない。大田ですら、「おい、てめえ、俺だけ勧誘してんじゃねえぞ」といらついていた。みんな焦っているのだ。それはわかっていても、いい方法は思いつかなかった。

「そうだ、上原先生に頼んだらどうかな」

あれこれ考えているおれに、俊介が提案した。

「上原先生に？」

「上原先生は美術で、渡部先輩は吹奏楽部だし、同じようなことしてる人から言われると効果があるんじゃないかな」

それはあるかもしれない。しかし、俊介に手伝ってもらっているうえに、まだ誰かに助けてもらうのはどうだろう。部長としてあまりにふがいなくないだろうか。

「顧問なんだからやってもらえばいいんですよ」

「まあ」

「前は満田先生がしてたんだから、上原先生がメンバー集めるのが普通です」

「そっか。……そうだよな」

「そうそう。さ、頼みに行きましょ」

「ああ、そうだな」

気が引けるのを感じながらも、俊介の意見に乗っかるしかなかった。

渡部は厄介なやつだし嫌がるかと思っていたけど、上原は「そういうのやってみたいと思ってたんだ。やっと出番って感じ」と嬉《うれ》しそうに引き受けてくれた。そして、その二日後、渡部は練習に参加した。

「簡単でしたね」

渋い顔をしながらやってきた渡部を見て、俊介はこっそりと言った。

「本当に」

あれだけ時間がかかったのが嘘みたいだった。どうしておれではだめだったのだろう。おれの誘い方がまずかったのだろうか。おれが頼んでもやりたいとは思えないのだろうか。喜ばしいのに、釈然としなかった。

「ただ渡部君が来てくれたってだけで、あんまり良い手は使ってないんだ」礼を言うおれに、上原はそう肩をすくめた。

一緒に練習してみて、渡部の完成された走りに目をみはった。メリハリがあるのに、乱れることなく最初から最後まで走りきる。渡部が入って、県大会はぐっと現実味を帯びた。あと一人だ。あと一人で六人そろう。

最後の一人は、決めていた。駅伝練習で空気が重くなるたびに、こんな時にジローがいたらなと何度も思った。

ジローと最初に何かをしたのは修学旅行だ。学校では合唱祭や体育祭など、行事のたびに実行委員会が作られる。修学旅行の時、ジローが一組の、おれが二組の委員長だった。

一組二組合わせて六人の実行委員で修学旅行を仕切る。旅行までの準備をし、旅行でみんなの前に立って引っ張るというのが仕事だった。

「あとは、レクリエーションのクイズの賞品作れば終わりだっけ」

「いや、まだ『きまりのプリント』も用意しなきゃ」

旅行に行くまで、実行委員会は度々行われた。細々した準備に話し合い。やることが多くて、みんなうんざりし始めていた。

「前で仕切ればいいだけかと思ったら、行くまでに地道な仕事が多いんだよなあ」

「そうそう。しかも、この苦労がみんなに伝わらないってのがむなしいね」

旅行が近づいて、みんなが愚痴を言うことも増えていた。

「そう言わずにがんばろうよ。何でも苦労した分、楽しいっていうからさ」

一組の副実行委員長であるあかねちゃんが景気よく言うのに、

「そうだよ」

と、おれも同意した。

小学校の時はいろんなことがそのまま楽しかった。けれど、大きくなるにつれて、少しずつ楽しさの持つ意味が変わってきた。今だって仲間と笑って遊んでいれば楽しい。でも、もっと深い楽しさがあることも知っている。無駄に思えることを積み上げて、ぶつかり合って、苦労して。そうやって、しんどい思いをすればしただけ、あとで得られる楽しさの度合いは大きい。

「ほら、できたぜ」

みんなの話に加わらず、一人で黙々と作業をしていたジローが顔を上げた。

「なにそれ」

「レクリエーションのクイズの賞品。じゃーん。なんと飛びだす表彰状」

ジローが嬉しそうに色画用紙を広げると、中からドラえもんのようなアンパンマンのような奇妙なキャラクターが飛び出してきた。

「どうだ。すごいだろう」

ジローは自慢げに目を輝かせた。

「お前、本当、のん気なやつだな」

みんながやれやれと笑うのに、「だって、こういうのめっちゃ楽しいじゃん」と、ジローははしゃいでいた。

あの時も楽しかった。ジローがいれば、どんなことでも盛り上がる。ジローがここにいてくれたらどんなにいいだろう。おれだけじゃない。みんながほっとするはずだ。


「桝井君、あと一人はもう決めてるんでしょ？」

解散後に上原が訊いてきた。

「えっと、ジローがいいかなと思ってるんだけど」

「そっか。うん。なんかよさそう」

誰がどれくらい走れるかなどわかっていない上原は、あっさりと賛成した。

「バスケの大会が終わったら、来てもらおうかなって」

「夏季大会だもんね。じゃあ、担任の先生に頼んどく」

「ああ、でも……」

「桝井君、クラスも違うし、夏休みは会う機会ないでしょ？　小野田先生ならすぐジローに連絡とれるだろうし、私と違ってちゃちゃっとやってくれるよ」

上原がそう笑うのに、どこかでほっとした。ジローならすんなり承諾してくれるはずだ。だけど、そのジローに断られたらきっとおれは立ち直れない。渡部の時みたいに、手間取っている時間もない。

「そうですね」

「そうそう」

これでいいのだ。上原はほくほくとうなずいているし、その分走りで返せばいい。おれは「お願いします」と頭を下げた。

夏季大会が終わった二日後からジローは練習にやってきた。元気いっぱいのジローの姿を見るだけで、何もかもがうまくいきそうな気がした。

少し前までは、何も始まらないんじゃないかと思っていた。どうすればいいのかもわからず、うろたえていた。でも、こうしてメンバーがそろった。これで県大会が目指せる。ようやくスタート地点に立てたのだ。

しかし、おれの身体は前よりも崩れていた。野外走をしても、後半に差し掛かると身体が重くなった。こんなことは走ってきて初めてのことだ。

貧血かもしれないという思いが、頭の中にちらついた。貧血は運動をしている中学生にとって、珍しいことじゃない。入部したてのころ三年の先輩もなっていたし、バスケ部の佐々木も去年貧血で病院に通っていた。いや、まさかな。おれは健康的な生活を送っているし、母親は栄養バランスに気を遣ってごはんを作ってくれている。貧血になんてなるわけがない。今は夏の暑さで疲れやすいだけだ。夏が終われば、元通りになる。

「いいメンバーがそろったね」

おれの横を走っていた設楽が後ろを振り返って言った。

六人がそろって五日目の野外走。俺と設楽の後ろでは、俊介と大田と渡部、それに楽しそうに走るジローがいる。

「そうだな」

「これで県大会も狙《ねら》えるね」

設楽が珍しく強気なことを言うのに、おれもしっかりとうなずいた。

そうだ。これで県大会進出が夢ではなくなったのだ。ここから走りこんで絶対に勝ち進んでやる。新鮮な夏の風を吸い込みながら、おれは力強く足を進めた。

4

二学期に入って最初の記録会で、おれは走れない自分の現状を思い知らされた。

一組目のレースに参加したものの、おれがみんなについていけたのはスタート直後だけだった。2キロ地点を過ぎ、みんなが速度を上げ始めると同時に、おれは遅れ始めた。力はみるみる使い切られ、新たに力がわかない。何度も切り替えようとしたけど、無理だった。

メンバーが六人そろって初めての記録会だ。そんな時に、最初に走ったおれがこんなことでどうする。ジローや渡部や大田は、不安が増すにちがいない。しっかりしなくては。そう思ってはいても、息は切れ足は棒のように固く、ただ前に進むことで精一杯だった。ゴールした時には、十二位。こんなレースをしたのは初めてだった。

俊介はゴール地点に駆けよってくると、「調子悪かったですね」とおれの顔を覗《のぞ》きこんだ。

「ああ、そうだな」

自分の力のなさに苦しくなった。記録も出せず、後輩に気を遣わせている。この後、俊介は走るのだ。せめて空気を変えなくてはいけない。それなのに、「悪いな。うまく走れなくて」と謝ることしかできなかった。

認めたくはなかったけど、十二位という順位がすべてを語っている。このままでよくなるわけがない。長く走るとふらつき、呼吸もうまくできない。どうしたって前のようには走れないのだ。病院に行ったほうがいい。それは明確だった。

「ひどくなってきたわね」

母親は箸《はし》を置いて、眉をひそめた。

「平気だって」

そう言う弟の咳《せき》はなかなかおさまらなかった。ぜーぜー音を立てている。またぜんそくが始まったのだ。

「大丈夫？」

おれはそっと弟の背中をさすった。夕飯時になると、弟の咳が激しくなることが多い。

「最近ましだったのに……。どうしたのかしら」

「二学期が始まって疲れたんだよな」

おれは心配そうな母親に、弟の代わりに答えた。五歳年が離れた弟は、昔から病弱で手をかけられていたせいか、小学四年生なのにまだまだ幼い。

「明日にでも病院に行きましょう」

母親は弟に吸入薬を渡した。

「嫌だよ。平気なのに」

「だめだめ。最近診てもらってなかったし。明日はお母さんの仕事昼までだし、学校まで迎えに行くわ」

　母親が言うのに、弟は吸入薬を口に入れたまま肩を落とした。

　窮屈なんだろうと思う。くまなく掃除された部屋に、あちこちに設置されている空気清浄機。食卓に並ぶのは、無添加無農薬の食材で作られたものばかり。おやつだって、スーパーで売られているカラフルなものなど置いてやしない。アレルギー体質の弟のためのものだけど、おれまで息苦しかった。

「行くまでは面倒だけど、病院に行ったら楽になるからいいじゃん」

　おれは陽気に言ってやった。いい機会だ。弟と一緒におれも病院に行けばいい。

「そうかな」

「そうそう。診察なんて一瞬で終わるしさ。きっと帰りにお母さんが漫画買ってくれる」

「もう日向ったら」

「ついでにおれもジャンプ買ってもらおうっと」

「ちゃっかりしてるわね」

母親が微笑《ほほえ》むのに、ようやく咳が落ち着いた弟も笑った。

「ちゃんと病院行ったら、お兄ちゃんみたいに足が速くなるかな」

「そうよ。それに、日向が運動できるのはなんでも食べて元気だからよ」

母親はそう言って、おれに「ね」と同意を求めた。

「まあな」

「お兄ちゃんみたいになったら、運動会でも活躍できるんだけどなあ」

弟はまぶしそうにおれを見つめた。

「そうだな。好き嫌いなくしたら三秒は速く走れるよ」

「本当？」

「ああ、もちろん」

「ということは、しっかりピーマンも食べなくちゃね」

母親に言われ、弟は「お兄ちゃんみたいになれるならいいか」としぶしぶピーマンを口にした。

「おれピーマンだけは残したことないからな」

「お兄ちゃん、嘘ばっかり」

「本当だって。ピーマンと人参《にんじん》は人の五倍食べてる」

おれは大きな口でピーマンをほおばって見せた。不調を告げるタイミングは、すっかりなくなっていた。

5

駅伝大会が着々と近づく中で、みんなの走りもよくなっていた。大田のケンカ早さがそのまま出たような走りは他を寄せ付けないパワフルさがあったし、渡部はよりスマートで磨かれた走りをしていた。ジローは根性がある。みんなが帰った後も自主トレをしているだけあって、走りが安定してきた。

不調だった設楽も徐々に調子を取り戻しているし、俊介に至ってはさらに勢いを増していた。その一方で、おれの走りはまったく上がらなかった。みんなが結果を出す中、おれはだめになっていくだけだった。

「今日は1000のインターバル三本、間のジョグは一周四十秒で。最後の1000のタイムはフリーね。レースをイメージして、最後の一本は全力で上げてきて」

上原はみんなが集まったのを確認し、メニューを発表した。

二学期に入って練習メニューもしっかりとした内容のものになってきた。最初は記録会に行くたびにおろおろしていた上原が、何回目かの記録会の後から他校の練習メニューを集め始めたのだ。「どこの学校の先生もいくらでも聞いてくださいって。中学校のスポーツってオープンでいいよね」と上原はいろんな学校のメニューを集めては、おれたちに嬉しそうに見せていた。

「げー。ロングのインターバルかよ」

メニューを聞くなり、大田は舌打ちをした。

「水曜日は疲れるんだよなあ」

ジローもため息をついている。週の真ん中の水曜日は、みんなの意欲も低くなる。

「明日は軽めのメニューだし、今日はがんばっとこうよ。大田もジローも今すごく速くなってきてるんだしさ」

おれが弾みをつけるように言うと、「そっかな」と単純なジローはすぐに顔をほころばせた。

「そうそう。最初とは比べ物にならないよ」

「自分でもこんなに走れるとは思ってなかったけどな」

ジローは自慢げに笑った。

「大田はもともと速いけどな」

おれが付け加えると、「わかりきったこと、いちいち言ってんな」と大田は頭をかいた。

　自分がうまく走れないのなら、せめてみんなに思いっきり走ってもらわなくてはいけない。運のいいことにおれは部長だ。それができる立場にいる。おれは今まで以上にみんなに声をかけ、チームを盛り上げることに努めた。

「えっと……、俊介は余裕だろ？」

　視線を感じて振り向くと、俊介が神妙な顔でおれを見ていた。俊介は陸上部だし、ロングインターバルだって慣れているはずだ。

「あ、ああ。うん」

「二年だからとか遠慮せずにガンガン走れよ。俊介は絶好調だからな」

「わかりました」

　俊介は静かに微笑んだ。いつもの俊介なら「任せといて」と無邪気に笑ったはずだ。少し前、ちょうどおれが崩れだしたころから、俊介はおれに接しにくそうにしていた。もちろん、変わらずおれを慕ってくれていたし、誰よりもおれのそばにいた。でも、よそよそしかった。うまく走れないおれとどう関わっていいのか戸惑っているのだ。今のおれを抜くことは、俊介には難しいことじゃない。このまま行けば、俊介はおれより速くなる。だけど、おれを越えてはいけない。その迷いが俊介をぎこちなくさせているのだ。

今日こそ走ろう。このままではみんなに気を遣わせてしまう。貧血なんて関係ない。もう大会は間近だ。甘いことは言ってられない。精一杯やればできるはずだ。いつもと同じように、そう唱えてからスタートを切った。しかし、いつもと同じように、やっぱりうまく走れなかった。最後の1000メートル、みんなが力を振り絞る中で、おれはただ足を進めることしかできなかった。何とかトップを守ることはできたけど、すぐ後ろには俊介がいた。

「だ、大丈夫？」

走り終え呼吸を整えるために、グラウンドの周りを歩くおれのそばに設楽がやってきた。

「何が？」

「い、いや、な、なんていうか」

緊張や不安が高まると設楽は言葉がつっかかる。何か言って設楽を笑わせなくてはと思ったけど、疲れ切った頭に気の利《き》いた言葉など浮かばなかった。

「ま、桝井、だいぶしんどそうだな」

「そうかな」

「ぼ、僕よりは速いけど」

「まあ」

「ま、桝井さ、も、も、も、もしかしたらさ……」

設楽は言葉がつまってごくりと唾《つば》をのんだ。

「もしかしたら、太ったんじゃないかって？　そうだな。最近食べ過ぎてるのかな。そのせいで遅くなってるのかも。ダイエットしなきゃな」

呼吸が整い始めたおれは、やっと冗談めかした。

「あーでも、走るとおなかすくんだよな」

「あ、ああ」

「食べるのを我慢するのって難しいよな」

「そ、そうだな。うん、そうだ」

設楽はかすかに笑ってうなずいた。三年間一緒に走ってきたのだ。設楽が感づいてもおかしくはない。みんなおれに困惑している。早く何とかしなくては。この空気を変えなくては。もう時間はないのだ。

6

大会まであと二十五日となって、おれは区間を発表した。いつもは満田先生が決めていたし、上原でもそれぐらいのことはできる。でも、上原が決めれば、おれがアンカーになる。走れもしないおれを6区にもってくる。それは避けたかった。おれが5区で俊介が6区。それが妥当だ。おれよりも俊介のほうが力があるという事実を公表すれば、俊介の無駄な迷いも消えるはずだ。みんなだって気を回さずにすむだろうし、おれだってやりやすくなる。

ところが、おれが告げた区間にみんなはざわめいた。みんなおれの調子の悪さに気づいてるのにだ。ろくに走れもしない、パワーもない。そんなおれが6区を走る理由は、今までがんばってきたから、部長だから。それぐらいしかない。おれだって、6区を走りたいという欲もプライドもある。でも、勝たなきゃ意味がない。

「とりあえず、これがベストだと思う。ま、これで行こう」

おれはにこやかに言った。早くみんなに納得してもらって、本番に向かいたかった。

だけど、上原は予想以上に食い下がってきた。

「桝井君の言うことはわからないでもないけど、やっぱり変だよ」

「変なことないですよ。自分ながらいい配置だと思うんです」

「桝井君、最後の駅伝なのに？」

どう切り返しても上原は納得してくれなかった。区間発表を機に、ぎくしゃくした固い空気をとっぱらいたかった。すっきりして練習に励むつもりだった。それなのに、みんなの顔は沈む一方だ。何とかしなくてはと焦《あせ》れば焦るほど、おれの言葉は空回りしていた。

「大事なのは勝つことですから」

「だけど、5区と6区は逆じゃないかな」

「先生に駅伝がわかるんですか？」

「ううん、わからない。それでも桝井君がアンカーを走るべきだと思う」

これ以上区間の話をするのはよくない。とにかく早く終えたい。それだけだった。ただそれだけで、「満田先生が戻ってきてくれたらな」おれはそうつぶやいていた。

ストップウォッチの扱いも下手くそで、野外走についてきても自転車一つまともに乗れない。記録会に行くたびにおろおろして、威厳などどこにもない。練習メニューもアドバイスも言えず、指示するどころかみんなにやいやい言われて戸惑っている。そんな上原にいらいらしていた。こんな人が顧問だなんて運が悪いと思っていた。

だけど、大田はこっそりタバコをやめている。今の設楽の走る理由は、きっと義務感だけじゃない。あれだけかたくなだった渡部がメンバーになった。ジローはいつだって変わらず楽しそうで、俊介は二年で唯一のメンバーなのに変な気負いはない。そこには上原がいたからだというのもある。

それがわかりかけてきた。そんな時なのに、自分の口から出た言葉にぞっとした。そして、何よりもみんながおれが作った空気を必死でほどこうとするのに、悲しくなった。みんなおれの言葉に引いているくせに、何とかしようとしている。どうしておれはこうなんだろう。チームの雰囲気を高めるどころか、崩してばかりいる。選手としてだけでなく、部長としての仕事だってできてやしない。

満田先生に部長に任命された時、正直戸惑った。陸上のいいところは一人でできるところなのに、部長となってはそうも言ってられなくなる。でも、おれには周りを見る力はあるはずだ。満田先生もそれが部長に選んだ理由だと言ってくれたし、幼いころから周囲を暖かく包めるようになりなさいと教えられてきた。きっと大丈夫だ。少年野球のキャプテンのようにはならない。みんなが気持ちよく部活ができるように努めよう。そう決意をして、みんなに気を配りいつもみんなの状況を把握しようと心掛けた。親密な雰囲気を作ろうと声をかけ盛り上げた。部長になってから、一度だって自分の不満も不安ももらしたことはない。それなのに、みんなは気楽になるどころか、気を遣うばかりだった。

「いやあ、俊介アンカーとかすごいじゃん」

「うん。なんか、今から緊張する」

「まあ、この配置も楽しそうだよな」

みんなが明るく振るまうのに、気はめいるだけだった。


「あんまり、いらいらするなよ」

翌日の朝練の前に、渡部が声をかけてきた。

「え?」

「桝井、誰よりも走ってきたんだろ?　どれだけ調子悪くたって、あんなこと言うまで落ちることない」

渡部はそう言うと、さっさとジョグを始めた。

渡部が言ったのはそれだけだ。いつもの澄ました顔で表情一つ変えずに言いはなっただけだ。でも、なぜだか少し救われた気がした。

渡部の言うとおり、おれは落ちてしまっているのかもしれない。あんなひどい言葉が出るほど、だめになっているのかもしれない。それは、肝心なところをあやふやにしたままだからだ。自分から目をそらして、みんなを盛り上げるなんて虫のいい話だ。おれは人一倍走ってきたんだ。どんな状況になったって、なんとかできるにちがいない。遠ざけていたって、現実は変わらない。まずやるべきことがあるはずだ。

九月も中盤を迎えた朝のグラウンドには、勢いを落とした周りの木々たちが穏やかな影を作っている。いい季節だ。心地よく走れる季節がやってきている。きっと大丈夫だ。おれは肺の奥まで空気を吸い込んで、ジョグを始めた。


意を決して病院に行くと、医者にヘモグロビンの数値が十に満たないと診断された。走った分だけ足底で赤血球が壊れて鉄分が流れ出ているらしい。道理で走るほどだめになるはずだ。スポーツ性貧血。予想通りの結果だ。覚悟はしていたはずなのに、目の前が暗くなるのを止められなかった。

激しい運動は控えて薬を飲めば一ヶ月くらいで治り始めると、医者は言った。それでは遅い。一ヶ月もしないうちに、大会はやってくるのだ。どうしておれが、貧血になるのだろう。よりによって今、こんな目に遭うのだろう。メンバーが集まり、軌道に乗り始めた。県大会に進める可能性が高くなった。そんな時なのにだ。

あの時と一緒だ。うまくいきかけた。そう思ったら、突然目の前から何もかもなくなってしまう。

「こんなことになるのなら、辞めましょう。ここにいるのは日向にとっていいことじゃないのよ」

キャプテンにボールをぶつけた日、母親はそう言って、少年野球チームに退会届を出した。

「能力は高いんだけど、なかなかみんなとなじめなくてね。日向君をよく思っていない子どもも多くて。惜しいけど、日向君にとってもここにいるのはつらいんじゃないかな」

監督もおれを止めなかった。

みんなとうまくやろうとしていた。おれを妬《ねた》んでいるやつらともちゃんと関わっていた。何が間違っているのか小学生だったおれは理解できなかった。今のおれも同じなのかもしれない。

「もう、日向は本当に困ったものね。自分の身体のことなんだから、もっと早く気づいてたでしょう」

帰りの車の中で母親が言った。

「そうだな」

おれはどう言っていいかわからず、窓の外の景色を目で追いながら答えた。

「こうなるまで誰にも言わないなんてどうかしてる」

「ああ」

流れていく空の色はどんどん深まっている。まだ暑いのに、夜になるのはぐっと早くなった。

「お医者さんの言うとおりよ」

「わかってる」

がんばっているのはわかるけど、身体がだめだと言っているのだから、走るのはよくない。きっと母親はそう言うだろう。母親は、弟のこともあって身体のことにうるさい。おれにだって無理はさせなかった。

「上手に力抜かないと」

「え？」

「だから、お医者さんの言ったとおりだって。身体の様子見ながら、できる範囲でやらないとね」

「走ってもいいってこと？」

俺が訊くのに、母親のほうが眉《まゆ》をひそめた。

「ここまで来て、辞める気なんてないでしょう？」

「そうだけど……」

「変な子ね」

「でも、ちゃんと走れやしないし、激しい運動はよくないって」

「だけど、駅伝って一人で走るわけじゃないんでしょう？」

「ああ、六人で走るけど」

「じゃあ大丈夫よ。六人もいれば、日向が調子悪くたって、うまく走れなくたって何とかなるじゃない」

母親はそう言うと、「ちゃんと病院行ったってことは、帰りにジャンプ買わないとね」と笑った。

7

始まったのだ。中学校最後の駅伝が。次への思いをかなえるためのレースが。今日までの時間を、苦しいけど楽しかった、そんな単純な思い出にはしたくない。ここまでの日々を何に変えるかは、この3キロにかかっている。

俊介から受け継いだ順位は八位。二つ上げて六位に入れれば、県大会に行ける。だけど、六位に入れなかったら、そこで終わりだ。駅伝チームは今日で解散となる。怖い。ものすごく怖かった。六位にもっていけなかった時のことを考えると、ぞっとした。こんなに怖いレースを、今まで一度も走ったことがない。

おれは縮んだ身体《からだ》をほどこうと、腕を揺すった。しかし、うまくいかない。もうレースは始まっているというのに、面白いくらい力は抜けない。焦れば焦るほど身体は固くなるばかりだ。

「先生、ファイト以外のことも言ったほうがいいと思うんですけど」

陸上部が新体制になって、一ヶ月経《た》ったころだろうか。おれはぼんやり練習を眺めている上原の耳元で言った。

「そっか。じゃあ、次はあと少しって言うよ」

上原がおれたちに声をかけるレパートリーは、がんばれとファイトとあと少しの三つだけだった。

「それ、アドバイスじゃなくてただの励ましですよ」

「だったら、何がいいかな」

上原はジョグをしている設楽を見つめながら、首をかしげた。

「最初はペースをつかめとかリズムに乗れで、中盤で腕の振りが甘いとかって言う。最後のほうは力を抜け。それでいいです」

「いつ言うかタイミングが難しそうだね」

「適当で大丈夫ですよ」

「わかった。なんかできそうな気がする」

それから上原は、練習のたびにおれの教えたとおりのアドバイスを口にした。誰がどんな走りをしていてもだ。そのくせおれが走っている時には、「力を抜け」とは一度も言わなかった。

「どうせ桝井君、力抜かないでしょ？　本当は抜くべきなのに。ま、ほうっておいたら勝手に力なんて抜けるけどね」上原はそう言っていた。

もしかしたら、上原は気づいていたのだろうか。上原は時々、「走りこむばかりも飽きるし、後半は筋トレに変えよう」とか、「暑いし、今日は早く切り上げよう」などと提案することがあった。そんな甘いことで大丈夫なのかといらだちながらも、おれの疲れた身体はほっとしていた。

いや、まさかな。上原はとぼけたやつだ。細かいことがわかるわけがない。ただ、ほうっておいても力は抜けるというのは、当たっている。固まったままだって走れないわけじゃない。おれは腕を振るのをやめた。力を抜くことにこだわるのをやめると、気持ちが少し軽くなって、その分、目の前が開けて見えた。

すぐ前を走るのは、岡北中だ。岡北中の選手は、予想より上位にいることに浮足立っている。去年も一昨年《おととし》も岡北中は最下位だった。思ったより早く渡った襷《たすき》にはやっているし、上位の速い選手たちの走りに平静さを失っている。今がチャンスだ。ペースを混乱させて、ここで抜くんだ。まだ８００メートルも走っていない。今ならおれでもできる。

そう弾みをつけたものの、少し加速しただけで、おれの息は上がった。自分で思う以上に身体はうまく動かない。今ここで岡北中をとらえなくては、この先勝ち目はない。一人くらい抜けなくてどうする。もう一度やろう。おれはスパートをかけるために息を整えた。指先まで力を流してみる。どれくらいスピードを上げられるか。自分の身体に問いかけて、今ここで重要なのはそんなものではないことに気づいた。目の前にいる岡北中をとらえるのだ。相手に勝たなくてはいけないのだ。勝つのに必要なのは、速さじゃない。大田みたいながむしゃらさだ。スタート直後だろうとゴール間《ま》際《ぎわ》だろうと関係なく、何度も何度もスパートをかけるあのパワーだ。陸上というよりケンカ。前のやつにかみつくように走る気迫、それが今必要だ。

「そんな深刻にならずに走れよ」

今朝、会場に向かうバスの中で声を潜めて大田が言った。

「え？」

「俺だってそこそこ走るし、しんどいならしんどいで走ればいい」

大田はおれの調子の悪さを言っているのだ。おれは大会当日までに、調子をほとんど取り戻せなかった。貧血になったのは自分のせいじゃない。でも、本調子で大会に臨めず、周りに気を遣わせるのは、恥ずべきことだ。

「故障は恥だからな」

「それは違う」

肩をすくめたおれを、大田はきっぱりと否定した。

「怪我《けが》を言い訳にすることが恥なんだ。故障なんてただ運が悪いだけだ」

「そうかもしれないけど……」

「俺、勉強投げだして、たかだか捻挫《ねんざ》で駅伝放りだして、昨日の壮行会でもあんなだったけど、でも、失敗したって、ここぞって時には、ちゃんと自分のいる場所にいればそれでいいんだって。ほら、マイケル・ジャクソンとかジョーダンみたいにさ」

乱暴でないことを言うのに慣れていない大田は、言葉を探しながらそう言った。

「ジャクソンにジョーダン？」

「いや、まあ、俺馬鹿《ばか》だから説明できねえけど、しくじったって故障したって、やればそれでいいんじゃね」

「ああ、そうだな」

「ま、俺に偉そうに言われたくもないか」

大田は頭をかいて笑った。丸坊主《ぼうず》の頭はこすられて赤くなっている。

髪型を変えて、不似合いな言葉を口にして、それでも大田はここにいる。本当に走ることが好きなのだ。

「高校でも陸上するんだろ？」

おれは何となくそう訊《き》いていた。

「さあな」

「やれよ。こんなに走るのが似合ってるのに」

「そうか？」

「そうだよ。大田は走るのに向いている」

「でもよ、まさか俺を駅伝に誘うやつなんて高校にいねえだろ」
大田はそう言って、また頭をかいた。

小学校の時から大田がおれをかきたてた。大田の走りがおれを刺激して高めてくれた。今回の駅伝だってだ。大田が一番に練習に参加してくれた。固まりきったややこしいプライドを必死に折り曲げて、ここまで来てくれた。

おれは襷を握りしめた。もう少し一緒に走って、走ることが似合っているということを大田に思い知らせてやる。そのためにも県大会に進出しなくてはいけない。絶対に勝ってやる。おれは前のめりになって、闘争心むき出しに岡北中を追った。きっと今のおれは恐ろしい形相で荒っぽい走りをしている。そんなおれに真後ろに来られた岡北中の選手は、簡単にペースを乱した。がっつくように進んだおれは、あっけなく岡北中を追い抜いていた。

8

ペースを崩したまま岡北中は後ろへと遠のいた。そのせいか、あたりはとたんに静かになった。先を行く選手も見えるところにはいない。ずいぶん前に進んでしまっているのだろう。ここからはしばらく細く長い上り坂が続く。見えるのは色をぐっと落とした木々だけだ。うっそうとした陰が続く道は、時々風で揺れる葉の音が聞こえるだけで、ここには自分しかいないような気さえしてくる。

孤独な戦いが向いている。小学生の時、野球でつまずいたおれはそう思っていた。チームプレーは、自分の力だけではどうしようもないことがたくさんある。ファインプレーを決めようがヒットを打とうが、誰かがミスをすれば負けてしまう。人一倍練習しようが、だらけたメンバーが一人いればチームは強くならない。その点陸上は、練習した分強くなった。誰かが失敗しても手を抜いても、おれのタイムは変わらなかった。でも、時々、とてつもなく心細くなるのも事実だ。陸上だって団体競技だという人もいるけど、走っている瞬間は一人だ。快調に飛ばしていようが、苦しんでいようが、自分の区間を走るのは自分だけだ。

少年野球でレギュラーとなった二度目の公式戦で、おれは盗塁を失敗した。そんなおれに、先輩たちは「気にすんな」「次取り返してやる」と声をかけてくれた。それぞれの守備位置で声を上げる仲間の姿は心強かった。広いグラウンドも、九人で立てばなんとかなった。

あの時のおれは本当に野球に夢中だった。もっと野球をしていたかった。みんなとプレーしていたかった。後悔しているわけではないけど、走っていると、少年野球のことが時々思い出された。

静かな上り坂はひたすら続いている。どこまで走っても、前は見えない。少年野球の時のように、手を貸してくれる人はここにはいない。先の見えなさに気持ちが途切れそうになる。前の選手とはいったいどれくらい離れているのだろうか。六位に入れる可能性はどれくらいあるのだろうか。もしも六位に入れなかったら、みんなはどんな顔をするだろうか。嫌な考えばかりが頭にちらつく。

「だいたい音楽って、一曲五分程度だろ？　二回頭の中で流せば3キロ。そう思って走れば走りやすいし、クールダウンできていい」

満田先生がそう言っていたことがあった。

そうだ。心を落ち着かせよう。おれは知っている曲を浮かべようとした。しかし、どの曲もうろ覚えでさびの部分しか出てこない。おれって走ってばかりで音楽には疎《うと》かったんだな。そう思ったおれの頭の中に、とても美しいフレーズが流れてきた。胸のどこかがしめつけられる悲しさを帯びているのに、広がっていくような大らかなメロディー。何回聴いたって、慣れることなく心が揺らされてしまう。この曲なら最初から最後まで奏《かな》でられる。夏の間、毎日のように音楽室で聞いたメロディーだ。

渡部に断られるたびに気持ちはめいった。いろんなことがうまくいかずにひたすら暑かった夏。それなのに、渡部がサックスで奏でていたこの曲と一緒に思い出すと、かけがえのない夏だったように思える。中学校最後の夏休み。おれは塾にも行かず参考書も開かず、走ってばかりいた。大会に出られるのか不安だった。走れなくなっていく自分に、どんどん自信がなくなった。だけど、メンバーが増えるたび、胸が弾んだ。みんなが速くなるたび、わくわくした。

孤独感をあおる細い道を走るおれの中では、カヴァレリア何とかがまだ鳴り響いている。終わりが近づくにつれて高まっていく旋律。悲しさも喜びもたたえているようなメロディー。正しい名前も知らない、渡部のサックスでしか聴いたことがない曲。それでも、カヴァレリア何とかが終わるころ、おれは永遠に続くように思えた坂を上りきっていた。

9

上り坂が終わると、一気に道が開けた。木が茂っていた細い道とは違い、走りやすい国道が広がる。太陽の光も届き暖かい。日差しはそれだけで、気持ちを引き上げてくれる。

そして、何よりもおれを奮い立たせたのは、遠くではあるけれど、前を行く選手の姿が見えたことだ。前では二校の選手が競《せ》り合っていた。おれのスピードが上がったわけではない。長い上りで他の選手たちがペースダウンしたのだ。誰でもいい。どこの学校でもいい。一人抜けば、県大会に行けるのだ。

「桝井、ファイト」

「ここからここから、しっかり」

大きな道だけあって、沿道には観客もたくさんいた。走っていても、声は聞こえてくる。「桝井がんばれ」クラスで作ってくれた横断幕も見える。最後の駅伝を応援してくれるのは、同じクラスの仲間だけじゃない。後輩や卒業生もいる。知った顔を見ると、知った声を聴くと、やっぱりほっとした。

声が力になる。ベタだなと思うけど、走るたびにその大きさを思い知る。みんなの声に、おれの中の単純な部分はちゃんと反応する。もっと走れるんだと自分が生き生きしていくのがわかる。みんなの期待は、おれの持っている力よりもずっと大きな何かを動かしてくれる。

「本当、呼んでくれてサンキューな」

ジローは大会までに何度もおれや上原にそう言った。

「逆だよ。ジローが来てくれて、本当に助かってる」

「そっか。まあ、俺が入ったから六人そろったんだもんな」

ジローの言うとおり、ジローが参加してくれたからこそ、県大会が目指せる。でも、それだけじゃない。

ジローはいつも上原に自分の走りがどうだったかを尋ねた。誰にもアドバイスなど求められない上原は、訊かれるたびにうろたえながらも嬉《うれ》しそうだった。設楽はジローがやって来るたびに表情を緩ませた。おれと一番長く走ってきたくせに、おれの何おれの何倍もジローに心を許している。他のメンバーだって、おれだって一緒だ。休憩の時、昼ごはんの時、ジローの周りでは笑いが絶えなかった。

「メンバーがそろったっていうのもあるけど、ジローが来てくれて、チームが盛り上がったよ」

「楽しいんだから、みんなが盛り上がるの当然だろう」

「楽しい？」

「そう。楽しいじゃん。他のやつらがしてないことができるうえに、応援までしてもらえるし。まあ、みんなで何かすること自体面白いもんな。桝井だって俺以上に楽しいって思ってるんだろ?」

ジローに聞かれ、おれは小さく首をかしげた。

「とぼけちゃって。楽しいから何年も走ってるし、今だって毎日走ってるんだろ」

ジローは笑いながらおれの肩を小突いた。

「桝井君、上がってきてるよ」

「その調子!」

みんなの声に、おれの踏み出す一歩が大きくなって、前を行く選手との距離はほんの少し縮まった。もちろんどの学校の応援も白熱しているから、他の選手だって今まで以上に加速している。もっと声を身体に響かせよう。おれは耳をそばだてた。

去年一緒に走った先輩が「桝井、頼むぞ」と切実に叫ぶのが聞こえる。いつも一緒にいるやつらはもちろん、同じクラスのあまり話さないやつらだって、何度もおれの名前を呼んでくれている。一緒に練習をしてきた一年生の後輩が「桝井先輩もう少し!」と励ましてくれている。

馬鹿みたいだけど、友達に「がんばれ」と言ってもらえることは嬉しい。先を走ってきた先輩、これから走っていく後輩が応援してくれることは誇らしい。みんなの思いに応《こた》えようと力を振り絞れる気持ちよさは、他にない。

そうだ。おれはずっと、こんなふうに楽しいって、気持ちいいって、何度も走りながら感じてきた。三年生になって、うまくいかないことばかりだった。走れない自分にふつふつとした。取り巻く現状に投げ出したくもなった。でも、この場に来るまでにあったのは、苦しさや辛《つら》さだけではない。今日の日のために重ねていたのは、しんどい時間だけじゃない。設楽や俊介や大田やジローや渡部と走ることは、楽しかった。みんなと走れるのが、嬉しかった。だから、ここまで走ってきたんだ。だからこそ、もう少し走っていたいって、必死になっているんだ。

「お兄ちゃんしっかり」

「日向、がんばって」

　母親と弟の姿も見えた。

お兄ちゃんみたいになれたらいいな。弟は口癖のようにそう言った。僕もぜんそくじゃなかったら好きなことができるのにと、いつもおれをうらやましがった。幸運にも、おれは好きなことをやっている。野球に陸上。いつだって、母親はおれのやりたいことをやらせてくれた。

　2キロ以上走った身体はへたばっている。それでも、おれはみんなの声に乗せられて、前に前にと進んだ。先を走る幾多西中と加瀬中の背中が、はっきりと見えた。おれの身体は自分が思う以上に進んでいた。

10

広い国道が終わって角を曲がる。残りは1キロもない。ここからアップダウンの激しいコースが続き、そのあと競技場に入り400メートルトラックを一周回ればゴールだ。

最後のデッドヒートを制する力は、おれには残っていないだろう。競技場に入るまでの上りと下りの繰り返し、そこが勝負だ。そこで前を行くやつらに勝たなくてはいけない。応援の声に、ここまで背中を押してもらった。ここからは自分の力でやらなくては。

最初の上りは、きっぱりとした傾斜がある。これだけの急な坂は、足だけでは上れない。おれは今まで以上に大きく腕を振った。しっかりと前を見据えて、腕が後ろにやられる推進力で身体を進ませる。坂では顔を下げすぎるな、上げすぎるな。坂道は自分の視線の位置がわかりにくい。だからこそ真っ直《ます》ぐ前を見ることを意識しろ。満田先生は口うるさく言っていた。疲れた身体の中でも、叩《たた》き込まれた基礎はちゃんと残っている。満田先生が厳しく、しつこく、何度も指導してくれたからだ。

坂道のせいで加瀬中も幾多西中もスピードがわずかに落ちた。幾多西中の選手はペースも乱れはじめている。あいつを抜くことができれば、県大会に行ける。幾多西中との差は30メートルもない。少しずつ追い上げていくんだ。

上り坂に身体が慣れ始めたと思ったら、すぐに下りがやってきた。下りでは身体が勝手に加速する。ここで正しい姿勢で走らないと、あとで負担が来る。おれは足全体を前に送ることを意識して走った。下りは一瞬で終わり、また上りだ。下りの加速が響いて、幾多西中は上り坂に身体が合わせにくくなっている。

今がチャンスだ。ここしかない。ここで抜くんだ。おれは意気込んだ。けれども、スピードは上がらない。ここで踏ん張らないと、六位には入れない。それがわかっているのに、思うように足が進まない。勢いをつけた分、身体はふらつくだけだ。

追い抜くことができないまま、二度目の下りに入った。この下りが終われば、長い上りがあり、そのまま競技場に入ってしまう。競技場に入ってしまえば、勝ち目はないだろう。幾多西中は決して速くはない。もし予定どおり俊介が走っていたら、簡単に抜いたはずだ。

それどころか、俊介なら勢いのまま二、三人は抜いている。それなのに、おれときたらどうしてこうなんだ。薬だって飲んで、レバーだって食べて、医者に言われたとおりにしてるのに、なんて使えない身体なんだ。正しい姿勢で走ったって、足は重いし息も苦しい。肝心な時にどうしてこうなるのだろう。少し気を抜いたら、このまま倒れてしまうだろう。吐きそうで胸も痛い。もう死にそうだ。……いや、まさかな。こんなのじゃ死なないか。おれはくじけそうになっている自分を笑った。

「死ぬ気でやれ」よく聞く言葉だ。「どうせやるなら、死ぬ気でやらなきゃだめだ」満田先生もよく言っていた。でも、本当に死ぬ気で何かをしているやつなんて、おれは一人しか知らない。

　小学校駅伝まで一ヶ月を切ったころ、メンバーから大田が抜けた。大田と走るのは楽しかったから、おれは心底がっかりした。そして、代わりにやってきたのが設楽だった。みんなに無理やり押しつけられたんだろうな。かわいそうに。おれは同情の目を向けていた。だけど、実際に設楽の走りを見て驚いた。全く楽しそうではない。走っている姿は苦痛そのものだ。でも、圧倒的に強かった。

　１００パーセント全力。ベストを尽くす。そんなものを軽く超える走り。走りだけじゃない。設楽はおどおどしながらも、何をするにもそうだった。大田がそんな設楽をライバル視していたのもわかる。決死の覚悟をしているやつには、かなわない。「小学校で大田が唯一《ゆいいつ》手を出さなかった男子」そんな噂《うわさ》を流して、設楽を困惑させたことがあったけど、事実だ。大田はいつだって設楽をまぶしそうに見ていた。

今日の朝、最初に言葉を交わしたのは設楽だ。

朝早く学校に行くと、まだ五時過ぎだというのに校門前には設楽がいた。集合時間の六時まで一時間近くあるし、ほのかに明るみ始めているだけで、あたりは暗い。

「ずいぶん早いな」とおれが驚くのに、「桝井だって」と設楽は笑った。

「なんだか緊張して、早くから目が覚めたんだ。だから少し走ろうと思って」

設楽はグラウンドのほうに足を向けた。おれも同じだ。競技場に行けばジョグをしてアップをする。でも、その前に慣れた学校のグラウンドで走りたかった。

静まり返ったグラウンドには、ベンチコートの擦れる音とおれたちの足音だけが響いた。大会当日の朝で、気持ちが張りつめているせいか、おれたちの間にはいつも以上に距離ができていた。

「いよいよだね」

緩やかなジョグの中、設楽は静かに言った。

「ああ、そうだな」

「この間中学生になったばかりなのに、もう最後の駅伝だなんて」

「年取るのは早いなって、おれたちまだ十五歳だぜ」

おれはしみじみ言う設楽を笑った。

「確かに。でも、桝井がいてくれてよかった」

「え？」

「桝井が陸上部に誘ってくれてよかった」

設楽はおれのほうに顔を向けて言った。まだ薄暗くて表情は読めない。けれど、設楽の声はきっぱりと響いた。

「だろうな。じゃなかったら、設楽、今頃パソコン部だったな。でも、パソコンで全国大会出てたかもしれない」

「無理しないでな。最後だからって、あんまり無理すんなよ」

設楽は俺の軽口に笑わずに、そう言った。

「無理すんなよ」

それが今までの努力を認めてくれる言葉だって、おれは設楽に言われて初めて知った。

設楽とは誰よりも長い時間一緒に走ってきた。それなのに、おれたちには微妙な隔たりがある。おれがいくらふざけてみたって設楽はどこか遠慮しているし、気なんか遣うなよと言ったところでほどけない。でも、設楽にしか触れられない部分が、おれの中にはある。

設楽の言葉は、何よりもおれを安心させてくれた。けれど、今日は無理でもなんでもする。手を抜く方法を一つも知らない設楽みたいに、死ぬ気で走ってやる。「桝井が誘ってくれてよかった」それは嘘《うそ》ではないはずだ。だけど、設楽は「走るのが楽しい」と言ったことは一度もなかった。中学校を卒業したら、設楽は走らないかもしれない。だから、なおさら今日で終わりにしてはいけない。もう少し設楽と走りたい。それをかなえるためには、勝つしかない。誰かを追い抜くしかない。ここで六位に入らなければ、すべてが終わりなんだ。

おれはがむしゃらに手も足も動かした。頭もフル回転させて、満田先生の教えを、上原がかけてくれた言葉を思い出して走った。どうやって呼吸しているのかすらわからないまま、坂を上った。とにかく前へ行くんだ。それ以外のことは、どうでもよかった。死んでもいい。おれはたぶん本気でそう思っていた。

上り坂が半分を過ぎようとした時、幾多西中が目の前に見えた。今度は逃しちゃいけない。おれは焦る気持ちを飲みこんで、確実に足を進めた。幾多西中の選手の息をすぐそばに感じた。いける。とらえられる。おれはさらに歩幅を広げた。幾多西中の気配は横ではなく後ろに動いた。そう、抜いたのだ。

11

これでなんとかなる。県大会に進出できる。そう思うと、鼻の奥がつんと痛んだ。せっかく手に入れたんだ。絶対に手放しちゃいけない。六位。少し緩めれば、あっけなくこぼれ落ちてしまう場所におれはいる。なんとしても守らなくてはいけない。幾多西中の選手の息遣いは、ぴたりと真後ろから離れない。向こうだって必死で奪い返そうとしているのだ。今のおれを追い抜くのは難しくはないはずだ。六位を守ろうとしていては、すぐに抜かれる。ここでキープする走りをしていてはだめだ。常に先を目指す走りをしなくては。どんどんわきでてくる力で、前へと風を切るおれ本来の走り。それができれば、勝てる。しかし、そんな走りができていたのは、どれくらい前のことだろう。おれらしく走っていたのは、いつのことだろう。最近のおれは身体の様子をうかがいながら、維持する走りばかりをしてきた。ずっと調子が悪かった。

思うように走れなかった。身体がすっかり忘れてしまうくらいに、自分の走りをしていない。だけど、大丈夫だ。おれはおれの走りをずっと間近で見てきた。毎日見ていた俊介の走り。それは本来のおれそのものだ。

「桝井先輩って、どうやって走ってるの？　腕の振りだけゆっくりやって見せて下さい」

俊介は入部した時からずっとおれについて回っては、あれこれ聞いてきた。

「腕だけ？　まあ、そうだな、こんな感じ？」

「そっか。次、僕、桝井先輩みたいに走るから見てて下さい。違うところあればあとで教えて下さいね」

ここまで素直に敬われるのはくすぐったい。けれど、人に教えるというのは面白かった。陸上未経験の俊介は、おれのアドバイスを聞いては、驚くほど体現して見せた。一年経つころには、俊介はおれと同じような走り方をし、記録も上がっていた。そして、この夏、俊介は不調のおれよりもよっぽど力があった。

大会一週間前、練習で行った3キロのタイムトライアルで俊介はおれより三秒速かった。おれは心からよかったと思った。最後の試走でも、俊介はおれを上回っていた。

これで勝つ可能性が高くなる。メンバーが強くなる。その嬉しさは、自分が抜かれる悔しさより、はるかに大きかった。

「やったな。俊介」

おれは俊介の肩をたたいた。

「そうですね」

「すごいじゃん。いい走りだった」

「ありがとうございます」

おれが褒めれば、いつだって嬉しそうに笑っていたのに、俊介はそう言っただけだった。おれを抜いて申し訳ないと思ってるんだ。馬鹿だな、そんな役に立たない感情を抱かなくていいのに。おれは本気でそう思っていた。

「そこから短距離のイメージ」

ついさっき、5区を走ってきた俊介に向かっておれはそう叫んでいた。前の選手と競り合う姿に、思わず無謀なことを言っていた。

でも、俊介はおれの言葉どおりに走った。どこからそんな力がわき出るのだと驚くほどの勢いで、全速力で向かってきた。3キロを走り終えようとしている俊介は、本当に短距離走者のようにかけてきた。

いつもそうだ。おれの思いをおれの声を、俊介は受け取ってくれた。うまく説明できない時だって、俊介はすぐに真意をくんでやってみせた。おれを抜いたっていい。何としても県大会に行きたい。そんな単純な気持ちくらい、俊介はとっくに読み取っていたにちがいない。

今のおれに俊介みたいな走りはできない。だけど、俊介みたいにひたむきに走ることはできるはずだ。

「身体を跳ねさせるな」「しっかり息を吐いて」「腕を大きく振れ」おれは俊介にかけていた言葉を、自分に向けた。そして、忠実に自分に応えようと、身体を動かした。幾多西中の気配は後ろから消えない。でも、同時に前を行く加瀬中の背中も近づいている。競技場まで続く坂はあと50メートル。加瀬中、おれ、幾多西中。三人の中の二人しか、ほしい物を手に入れられない。

「絶対できる」「あと少し、力出し切れ」そんなただの励ましでも、俊介はいつも真剣に聞いてくれた。俊介のまっすぐな思いが、時々痛くて苦しかった。俊介が思い描くおれでいられないことが、やるせなかった。だけど、俊介がいたからこそ、おれは投げ出さずに済んだんだ。俊介がおれを見ていてくれたから、腐りきらずに済んだんだ。今日は本当に信用してもらえる先輩でいたい。おれは歯を食いしばって最後の坂を上りきり、六位のまま競技場へと入った。

競技場に入ったとたん、応援の声が大きくなった。どこの学校の生徒たちも顧問の先生も張り裂けるように叫んでいる。それに合わせるかのように加瀬中がスパートをかけた。

加瀬中の選手はここにきてまだ振り絞れる力が残っている。3キロ近くを走ってきたのに、フォームも崩れていないし足にも力がある。さすが満田先生が顧問をしている学校だ。

おれは加瀬中から離れないようにくらいついた。加瀬中はどんどんスピードを増す。けれど、ひるんじゃだめだ。一瞬でも気を抜いちゃだめだ。ついていくんだ。ところが、残り300メートルとなったところで、加瀬中を見据えて走っているおれの横に、幾多西中の肩が並んだ。

「桝井君、がんばって」

やばい。はっとしたおれの耳に上原の声が飛びこんできた。いつもと同じように「がんばって」と「あと少し」を繰りかえしている。ただ、上原の声はいつもと違って震えている。教師が泣いていいのは、卒業式だけだって言ったのに。

12

おれがアンカーを走ることに決定したのは、今日の朝だ。

「そうそう、エントリー変更したんだ」

競技場につくと、上原が突然言い出した。

「やっぱり桝井君を6区にした」

「どうして」と目を丸くするおれに、上原は「勝ちたいから」とあっさり言った。大会当日の朝、直前の変更だ。それなのに、衝撃を受けているのはおれだけのようで、みんなはすんなりと納得して、次の作業にかかっていた。

「おれ、貧血なんだ」

おれはテントを立て始めるみんなから離れて、上原に告げた。貧血という言葉を自分では使いたくなかったけど、上原に早く事情を理解して対応してもらわないといけない。

「そう言えばそんな感じだね」

「そんな感じだねって、わかってる？　ほら、インターバルしたって三本目あたりから足が上がってないし、いつも1キロあたりから速度が落ちてるだろう」

きっと上原は事態の重要さがわかっていない。情でおれを最終走者にしようとしているのだ。でも、勝つためにはそういうドラマはいらない。おれはわかりやすく説明した。

「とにかく最後に力が出ない。一番大事な最後がどうしようもないんだ。最後はどうしたって競り合いになる。そこで勝てる力がない」

「で？」

上原は首をかしげて見せた。

「でって、おれには6区を務める力がないってこと」

「だから何なの？」

「だから何って、ちゃんとチームのこと考えてよ。ここまでやってきたんだ。おれは6区じゃなくてもいい。みんなで県大会に行くことが大事なんだ。おれが格好つけるためにすべてを台無しにするわけにはいかない」

「なるほどね。桝井君、さわやかでかっこいいと思うよ」

上原は黙って聞いていたかと思うと、何の脈絡もないことを言い出した。

「なんだよそれ」

「桝井君さ、自分の深さ三センチのところで勝負してるんだよ。だから、さわやかに見える。それだけしか開放しないで、生きていけるわけないのにね」

「それが駅伝と何の関係があるんだよ」

もうすぐ本番だというのに、どうして上原はこんなことを話しているんだ。あまりに無関係な話に、おれはいらいらした。

「駅伝も一緒だよ。桝井君はチームのみんなに慕われてるし、桝井君もみんなのことちゃんと把握してる。みんなの走りも性格も状態もきちんとつかんでる。だけどさ」

上原はおれの顔をじっと見た。

「だけど?」

「だけど、桝井君は誰のこともわかってない。誰も桝井君に伝えられないんだよ。みんな一目置いてるからね。桝井君、本当にみんなに一目置かれちゃってるんだよ」

「だから何なんだよ」

走る直前に、上原はどうしてこんなことを言っているのだ。おれは完全にうろたえていた。

「中学校のスポーツは技術以上に学ぶものがあるっていうの、今までぴんと来なかった。だけど、今はわかるんだ。桝井君がいろいろ見せてくれたからだよ」

上原はおれに微笑《ほほえ》んだ。

「走れなくてもいい。私が、ううん、私たちが望んでるのはそんなことじゃないから。でも、6区を走るのは桝井君だよ」

トラックは残り半分。幾多西中はおれと肩を並べたままついてくる。こいつに譲るわけにはいかない。もちろん、満田先生が顧問だからって、すぐ目の前にいる加瀬中にも渡せない。負けちゃいけない。最後までジローみたいに楽しむんだ。頭の中では渡部が吹くカヴァレリア何とかが響いている。

残り100メートル。酸素はどこにも回っていない。足も腕も身体《からだ》中が痛い。心臓も尋常じゃなく高鳴っている。おれの肩にある襷《たすき》は重い。設楽から大田へ、大田からジローへ、ジローから渡部へ、渡部から俊介へ。そしておれへと繋《つな》がれた襷。走っている時は一人だ。でも、おれを進ませているのは、おれだけじゃない。おれは設楽みたいに死にもの狂いで走った。大田のようにすべてをむき出しにしてくらいついた。ゴールは目の前。信用して。俊介に伝えた言葉を唱えてみる。俊介がずっと見ていてくれた勢いのあるおれの走り。その走りをするんだ。ちぎれそうな身体だって、おれの走りをするんだ。おれは身体をとにかく前へ前へと押し出した。一歩分、たった一歩分、幾多西中よりおれは前に飛び出た。

いける。このまま走りきるんだ。今日で終わりにはしない。アンカーは最終走者なんかじゃない。絶対に繋いでみせる。おれをみんなを次の場所へと。

「桝井君、貧血だったんだ」

救護テントの中に上原が入ってきた。

「始まる前に言ったじゃん。どうせ知ってたんだろ」

ゴール直後にふらっと倒れただけで、おれは大げさに救護テントに運ばれて、寝かされてしまった。

「そうだね。そういや、設楽君が梅雨ごろにそんなこと言ってたな」

「そっか」

「大丈夫なの？」

「うん。全然たいしたことない」

おれはよいしょと身体を起こした。もう頭もすっきりしている。

「そうそう、県大会のコース。今年から笹岡でしょ？　こないだ見てきたんだ。うちのチームに向いてるコースだよね。上りも下りもふんだんにあるし」

上原はもう県大会の話をしている。おれの心配なんかしてやしない。おれは思わず笑ってしまった。

「先生、やる気が出たんだね」

「さあ、それは自信ないけど。でも、まだもう少しこういうことができるっていうのはいいかな」

県大会まで一ヶ月。息苦しさをまだ味わわないといけない。だけど、あと一ヶ月。またみんなと胸を焦《こ》がすことができる。

「それより集合しないと。みんなも戻ってくるころだし」

おれがゴールして三十分は経《た》っただろうか。みんな競技場へ帰ってきているはずだ。走り終えたみんなの顔を早く見たい。

「そっか。そうだね」

「さあ、行きましょう」

おれは肩に下げたままの襷を握りしめて、テントの外へと踏み出した。

思いと言葉は襷《たすき》のように

三浦しをん

走ることを描く小説は、なぜこんなにも、ひとの本質に迫ることができるのだろう。

市野中学校の男子生徒六名は、県大会出場を目指して駅伝に取り組む。陸上部部長の桝井《ますい》、内気な設楽《したら》、桝井に憧《あこが》れる後輩の俊介《しゅんすけ》。それだけでは人数が足りないため、不良の大田、超然としたムードの渡部、明るくお調子者のジローに声をかけ、やっと成立した駅伝チームだ。そのうえ顧問は、競技に詳しくない美術の上原先生ときた。見るからに寄せ集め感満載な集団、しかも、大人でも子どもでもない微妙なお年ごろの中学生が走るのである。それぞれが見ている世界も、感じかたも、まるでちがう。一人で黙々と走りこみ、なおかつ力を合わせてひとつの目標に到達しなければならない駅伝など、とても為《な》し遂《と》げられそうにない。六人で襷を繋《つな》げて駆け抜ける十八キロが、はてしない道のりに思える。

ところが、区間ごとに六人の走者の独白が重なっていくにつれ、私の胸はどんどん熱くなった。

やる気ゼロの不良に見えた大田は、実は闘志と感じやすい心を抱えたひとだった。クールで言いたいことをズバズバ言う渡部は、実は優しく他者の機微に敏感だった。上原先生はボーッとしているようで、実はものすごく観察力に優れた導き手だった。「先生と生徒」、あるいは「大人」や「子ども」といった安易な言葉で、かれらをくくることはできない。一人一人、さまざまな思いと事情を宿す「人間」なのだということが、読み進むうちに深く強く伝わってくる。

語り手を変え、同じ場面が繰り返し描写されることで、登場人物と物語の奥行きはぐんぐん増していく。淡い光が重なりあって、陰影が濃くなっていくのと同じように。すれちがいが生じているかに見えた瞬間にも、だれかがだれかを気にかけ、ひっそりと、けれどたしかな理解と連帯が芽生えていたのだと判明する。私はそこに希望を見た。

私たちが生きる世界は、複雑さを秘めている。私が感じ、信じている世界は、あるひとにとっては真実ではない。必然的に、理解しあうのも感覚や考えを分かちあうのも難しい。でも、そのずれにこそ、救いもあるのだ。私が絶望を感じているとき、同じ場所にいるだれかは、明るく未来を信じているかもしれない。そしてその明るさで、

「そんなところでうずくまっていなくていいんだよ」と、希望の世界へ引っぱりこんでくれるかもしれない。

私たちは、だれもが一人だ。けれどその厳然とした事実と同等に、私たちはやはり、一人ではないのだ。一人きりでは到底走りきれないつらい道のりを、駅伝は襷を繋げて走り抜く。仲間や周囲の励ましの声を受け、孤独と連帯の狭間で苦闘しながら。だから、走ることを描いた本書は、ひとの本質に迫る展開を見せる。

県大会出場という重圧を一身に背負い、弱音を吐かずに寄せ集めのメンバーを引っぱってきた部長の桝井。ところが本番当日になって、突然アンカーを任されてしまう(競技に関しては素人《しろうと》の、上原先生の鶴《つる》の一声で)。タイムが伸び悩んでいるのに、予定外の最終区間を走ることになり、桝井にますます重圧がのしかかる。はたして桝井は、ベストの走りを見せられるのか。市野中学校は県大会に出場できるのか。

結末は、ぜひ読者それぞれの目で見届けてほしい。桝井以外の五人のメンバーの思いと言葉が繋がって、襷のように桝井に託されていくさまを。

私たちは決して、決して、一人ではない。あなたがだれかを思うとき、だれかがあなたを思っている。必ず。そう信じて前進する姿は、なんと激しく崇高なのだろう。もし、そのがむしゃらな姿を嗤《わら》うひとがいるとしたら、そのひとは「生きる」ということを知らないのだ。

走る少年たちを、かれらを見守るすべてのひとを、うつくしい山河が取り囲み、育《はぐく》んでいる。

「青春小説の傑作」などと、よくある表現は使いたくない。しかし、たしかに傑作と言うほかない作品だ。

（「波」二〇一二年十一月号より再録、作家）

この作品は平成二十四年十月新潮社より刊行された。

瀬尾まいこ著

天国はまだ遠く

死ぬつもりで旅立った23歳のOL千鶴は、山奥の民宿で心身ともに癒されていく……。いま注目の新鋭が贈る、心洗われる清爽な物語。

瀬尾まいこ著

卵の緒

坊っちゃん文学賞受賞

僕は捨て子だ。それでも母さんは誰より僕を愛してくれる——。親子の確かな絆を描く表題作など二篇。著者の瑞々しいデビュー作！

瀬尾まいこ著

君が夏を走らせる

金髪少年・大田は、先輩の頼みで鈴香（一歳）の子守をする羽目になり、退屈な夏休みが急転！ 温かい涙あふれるひと夏の奮闘記。

恩田陸著

六番目の小夜子

ツムラサヨコ。奇妙なゲームが受け継がれる高校に、謎めいた生徒が転校してきた。青春のきらめきを放つ、伝説のモダン・ホラー。

恩田陸著

夜のピクニック

吉川英治文学新人賞・本屋大賞受賞

小さな賭けを胸に秘め、貴子は高校生活最後のイベント歩行祭にのぞむ。誰にも言えない秘密を清算するために。永遠普遍の青春小説。

恩田陸著

中庭の出来事

山本周五郎賞受賞

瀟洒なホテルの中庭で、気鋭の脚本家が謎の死を遂げた。容疑は三人の女優に掛かるが。芝居とミステリが見事に融合した著者の新境地。

角田光代著
キッドナップ・ツアー
産経児童出版文化賞・
路傍の石文学賞受賞
私はおとうさんにユウカイ(=キッドナップ)された！　だらしなくて情けない父親とクールな女の子ハルの、ひと夏のユウカイ旅行。

角田光代著
さがしもの
「おばあちゃん、幽霊になってもこれが読みたかったの？」運命を変え、世界につながる小さな魔法「本」への愛にあふれた短編集。

角田光代著
くまちゃん
この人は私の人生を変えてくれる？　ふる／ふられるでつながった男女の輪に、恋の理想と現実を描く共感度満点の「ふられ小説」。

川上弘美著
ニシノユキヒコの恋と冒険
姿よしセックスよし、女性には優しくこまめ。なのに必ず去られる。真実の愛を求めさまよった男ニシノのおかしくも切ないその人生。

川上弘美著
センセイの鞄
谷崎潤一郎賞受賞
独り暮らしのツキコさんと年の離れたセンセイの、あわあわと、色濃く流れる日々。あらゆる世代の共感を呼んだ川上文学の代表作。

川上弘美著
どこから行っても遠い町
二人の男が同居する魚屋のビル。屋上には、かたつむり型の小屋――。小さな町の人々の日々に、愛すべき人生を映し出す傑作小説。

あと少《すこ》し、もう少《すこ》し

新潮文庫　せ-12-3

平成二十七年四月一日発行
令和七年五月五日二十五刷

著者　瀬《せ》尾《お》まいこ

発行者　佐藤隆信

発行所　株式会社 新潮社

郵便番号　一六二―八七一一
東京都新宿区矢来町七一
電話 編集部(〇三)三二六六―五四四〇
読者係(〇三)三二六六―五一一一
https://www.shinchosha.co.jp

価格はカバーに表示してあります。

乱丁・落丁本は、ご面倒ですが小社読者係宛ご送付ください。送料小社負担にてお取替えいたします。

印刷・錦明印刷株式会社　製本・錦明印刷株式会社

ISBN978-4-10-129773-6　C0193